灼眼のシャナXI

高橋弥七郎
イラスト／いとうのいぢ

Design・Yoshihiko Kamabe

「……賑やかで楽しいね」
フレイムヘイズ『炎髪灼眼《えんぱつしゃくがん》の討《う》ち手《て》』——シャナ
「ホラ、元気出す！」
クラスメイト——緒方真竹《おがたまたけ》

「はい、私の方は……」
クラスメイト――吉《よし》田《だ》一《かず》美《み》
「吉田さんは疲れてない？」
『存在亡き者』――坂《さか》井《い》悠《ゆう》二《じ》

「もし、私が人間だったら……」

「……私も、フレイムヘイズ以外を、得《え》ようとしてる……？」

「勝負は、ただ一撃」
フレイムヘイズ『万条《ばんじょう》の仕手《して》』――ヴィルヘルミナ
「――う、っわああああああ!!」

「できるよ、悠二!!」

灼眼のシャナ XI

プロローグ

この世――人間の世界を、吹く風のように渡り歩いてきた。

人間を喰らって〝存在の力〟を得、理《ことわり》を曲げて遊び続けた。

勝手気儘《きまま》、ただ刹那《せつな》の欲を満たすためだけに、生きていた。

誰がなにを訴えても、どんな危機が迫っていようとも、この世での放蕩《ほうとう》を止《や》めようなどとは思わなかった。目の前の事象《じしょう》を己《おの》が意思によって自在《じざい》に変えられる痛快さの前には、そんな理《り》屈《くつ》など塵屑《ちりくず》のようなものだった。

何者何事《なにものなにごと》も、憚《はばか》る気になどならなかった。弱い同胞《どうほう》は、自重《じちょう》の訴えを諦《あきら》め実力行使に出た同胞殺《ごろ》しの道具・フレイムヘイズに討《う》ち滅ぼされていったが、幸い自分は強かった。

欲望の成就《じょうじゅ》を邪魔《じゃま》する者は、殺した。

殺して、また次にやりたいことを探した。

なにを考えることもない、単純な話だった。

生きている限り、欲望は幾《いく》らでも湧《わ》いて出た。黄金《おうごん》宝石を見ては欲し、味に凝《こ》っては食い散らかし、人間の野心や事業を蹴《け》り飛ばし、ときに気になって手を貸し……放埒《ほうらつ》は続いた。

だからあのとき、故郷《こきょう》たる〝紅世《ぐぜ》〟の神威召喚《しんいしょうかん》を模《も》した粗雑《そざつ》な儀式《ぎしき》に応えてやったのも、とても〝紅世《ぐぜ》〟にまで届かない小さな呼び声の元へと向かったのも、野風《のかぜ》の山間に巻くような、ほんの気紛《きまぐ》れに過ぎなかった。

自分を呼んだのは、貧相な男だった。

巫術《ふじゅつ》に占星術《せんせい》、魔術に妖術《よう》、手相《てそう》地相火《か》相に水の術……看板《かんばん》の文字だけが違う、中身には大差のない屁理屈《へりくつ》を吹聴《ふいちょう》して回り、どこから入手《にゅうしゅ》したのか、並の人間には起動などできない自在式《じざいしき》を見せびらかし、博士や哲学者の肩書きで人を脅《おど》し賺《すか》して回る、芝居《しばい》がかった変人——

修士《しゅうし》ゲオルギウス。

ただの法螺《ほら》吹きではない。

大《おお》法螺吹きだった。

彼自身は、夢と現実の間に境というものを持っていなかった。

代わりに、他人にその境を飛び越えさせる弁舌《べんぜつ》と狂熱《きょうねつ》を持っていた。

面白い男を見つけた、と思った。

自他を出鱈目《でたらめ》な空想に遊び遊ばせるこの男を、本当にその通りの世界に放り込んだらどうなるか、試してみたくなった。自分自身以外に対象を移した、初めての欲望だった。

望み得る全ての法螺を叶《かな》え、遊ばせた。

占《うらな》いに際して、頭上の星々を動かしてやった。

即製《そくせい》の〝燐子《りんね》〟を、幾《いく》つか下僕《げぼく》として作ってやった。

遥か天空の高みまで運び上げて、地球の姿を見せてやった。

少し前にあった『大戦《おおいくさ》』の古《こ》戦場に幻《まぼろし》を躍《おど》らせ、驚かせてやった。

持てる欲望の内、最も原始的な現れだろう、金銀や美女を与えてやった。

突然、世界の成り立ちについて悩み出したので、酒を与えて元に戻してやった。

聖地を巡礼《じゅんれい》したいと言うので、神聖《しんせい》ローマ帝国から地中海《ちちゅうかい》沿いを飛び回らせてやった。

恨《うら》みを持った騎士《きし》の一団に襲《おそ》われたので、彼らの頭に鹿の角《つの》を生《は》やし、追い払ってやった。

これら、起こった出来事にゲオルギウスは驚き、大いに感嘆《かんたん》した。

ゲオルギウスの反応や解釈《かいしゃく》を観察して、自分は大いに笑い転げた。

出鱈目な、あまりに出鱈目で痛快無比《つうかいむひ》な年月は、瞬《また》く間に過ぎた。


名声を博したゲオルギウスは、やがて老いた。

夢相《むそう》は枯《か》れ、即物的な欲望にのみ溺《おぼ》れ始めた。

大法螺は、晦渋《かいじゅう》で無価値《むかち》な御託《ごたく》に成り果てた。

出鱈目な、あまりに出鱈目で痛快無比《つうかいむひ》な年月が、終わったのだと知った。

だから、なんの躊躇《ちゅうちょ》もなく、ゲオルギウスを、殺して去った。

1　清秋祭迫る

どこかで、
高速から降りたトラックの運転手が、
硬貨とともに、料金所の職員に触れた。

街の煉瓦《れんが》歩道を落ち葉が彩《いろど》り始めた。

酷苦《こっく》の残暑が、水泳授業や夏休みの弛《ゆる》みを連れて遠くに去り、気付けば秋が来ていた。

そんな十月の初頭、衣替《ころもが》えが済むと、市立御崎《みさき》高校の生徒と周辺地域の商店街は、俄《にわ》かな活気への予兆《よちょう》と期待感に包まれる。夏服の白を経て、また幾度目《いくどめ》か見ることになる冬服の黒と深緑《しんりょく》は、季節の風物詩《し》であると同時に、一つの行事の先触れでもあった。

御崎高校清秋祭《せいしゅうさい》――いわゆる学園祭である。

土曜と日曜、週末の二日間に渡って行われる、御崎高校最大の学校行事だった。

この清秋祭《せいしゅうさい》の特徴は、主催が御崎《みさき》高校だけでなく、校舎に近接する商店街も含む、という点にある。運営委員会は、生徒会と商店街組合の合同からなる奇妙《きみょう》な構成であり（非組の商店も、申請《しんせい》すれば出店が許される）、学校側は運営全般に関して、基本的にノータッチの構えを取る。

結果、清秋祭は並みの高校に比べて一周り二周り規模の大きい、しかも高校の学園祭にしてはやたらと商売っ気とショー的側面の強い、風変わりな地域込みでの学園祭となっていた。

夏のミサゴ祭りが市外の客を呼ぶ名物なら、秋の清秋祭は市内で親しまれる名物であり、市民の大半《たいはん》も、一《いち》高校で催《もよお》される学園祭という以上のイベントとして、これを意識していた。

今年入ったばかりの一年生たちにも、当然のようにさまざまな役割が与えられている。

どこかで、

料金所の職員が、

おつりを返すため、バイク便の男に触れた。

御崎高校一年二組の教室では、下校前の一時間を使ったホームルームが行われていた。

早いところ終わらせて下校したい、という雰囲気《ふんいき》が一切隠《かく》されることなく、雑談のざわめきとなって教室内に満ちている。

そこに、

「おーい、注目注目〜」

と教壇《きょうだん》から一声《ひとこえ》かけたのは、皆に頼られるクラス委員、『メガネマン』こと池速人《いけはやと》。

ホームルームを担任《たんにん》教師の代わりに仕切るようになって数ヶ月、すでにそこに立っているのが当然という様《さま》である。

彼の方が上手《うま》く議事を進められると分かっているためか、担任は窓際《まどぎわ》のパイプ椅子《いす》に座り、とある生徒との勝負に備えた授業の予習に余念《よねん》がない。

高校生活も半年を経た今では、クラスの生徒たちも慣れたもので、担任のそうした職務怠慢《たいまん》に、特別な不満を表すこともなくなっている。ただ静まって、池の声に耳を傾けた。彼らのヒーロー・メガネマンは無駄《むだ》なことをしないので、早く下校したければ言うことを聞いておくのが得策なのである。

もっとも今、皆が即座《そくざ》に声を小さくしたのには、それ以外の理由があった。クラスでしばらく話題の中心にあった、一つの事案の結果が今日、知らされることになっていたのである。

池はクラスメイトらの内心を察して、しかし予定通りの順番で発表を始める。

「えーと、今日の昼、二週間後に迫った清秋祭の運営委員会に出てきた。その結果……」

言いつつ、委員会で貰《もら》った封筒《ふうとう》をピラピラと振った。

静寂《せいじゃく》の中に、僅《わず》かな緊張《きんちょう》を漂わせる。

メガネマンはおもむろに、視線の焦点たる封筒《ふうとう》から一枚のプリントを取り出して、その上半分を読み上げる。

「……我々一年二組は申請どおり、クレープ屋を開くことが承認《しょうにん》された！」

途端《とたん》、

「おー」「良かった良かった」「今さら決めなおしたくねーもんな」「ああ」「やったー！」

ざわざわと一斉《いっせい》に、まばらな拍手を混ぜた歓声が湧《わ》いた。

池《いけ》は手を上げてこれらに応え、教壇《きょうだん》の横に立つ、同じく眼鏡《めがね》の少女に言う。

「藤田《ふじた》さん」

「はーいはい。クレープ屋、決定、と」

サラサラと手馴《てな》れた様子《ようす》で、黒板に事項を書き出すのは、クラス副委員の藤田晴美《はるみ》である。

成績良好、仕切るのも上手《うま》いが、纏《まと》め方がやや強引《ごういん》なのと、肝心《かんじん》なところで大ポカする癖《くせ》がある点で、万事《ばんじ》そつのないメガネマンには二枚三枚、及ばない。

書かれる文字を見ながら、池が説明に付け加える。

「クレープ屋希望のクラスは毎年多いはずなのに、今年はたまたま、申請《しんせい》を出したのがウチと二年生の一クラスだけだったそうだ。結構《けっこう》すんなり決まったよ。場所は、二年生が校外で、ウ

チが校内ってことになりそうだ」

清秋祭《せいしゅうさい》は、狭い学校の敷地《しきち》外……大通りに面した正門側以外、三面の塀際《へいぎわ》道路も開催区域《くいき》とするので、模擬《もぎ》店の設置場所は、校内と校外に大別される。

まだ客扱いに慣れていない一年生は校内、イベント経験済みの上級生は校外に配置されるのが慣例《かんれい》となっていた。

「ライバルは二年生かー」「向こうと売り上げ競争ね」「馬っ鹿、どうやって比べんだよ」「馬鹿ってなによ、馬鹿って」「ちょっと、やめなさいよ」

ざわつくクラスを特に注意するでもなく、池《いけ》はプリントの下半分に書かれた、あまり注目されていない決定事項の方を、続いて読み上げる。

「んーで、教室での研究発表も、予定通り『御崎《みさき》市の歴史』になった」

先とは対照的な、その力の抜けた声に合わせるかのように、

「へーい」「やっぱやんのね」「こっちでも店やりゃいいのに」「そりゃ面倒《めんどう》じゃねーの」

とクラスの反応も鈍かった。

建前としては、教室で行う真面目《まじめ》かつ地味な研究発表こそが清秋祭の主題であり、外に出す模擬店は任意のイベント、ついでの遊びでしかない、ということになっているが、もちろん生徒たちの本音は正反対である。

学校側もそれを分かっているので、二、三年の上級生が教室で、研究発表どころか喫茶《きっさ》店や

お化《ば》け屋敷《やしき》、演劇等を行うことを黙認《もくにん》していた。

元々、御崎高校は敷地が狭い。その上、体育館はバレー部やバスケ部の公開試合が、グラウンドは軽音部等《など》による野外ステージがそれぞれ占拠《せんきょ》してしまうので、模擬店の設置場所は慢性《まんせい》的に不足している（校外まで店を出す、最も大きな理由である）。上級生による教室でのイベント開催は、模擬店の出せる場所を、研究発表程度のために潰《つぶ》すこともない、という現実の要《よう》請《せい》によるものと言えた。

ただし、一年生のときくらいは真面目に研究発表を行う……それが生徒側の持つ本音と、学校側の掲げる建前との妥協点《だきょうてん》なのだった。

そんな、妥協点であるがゆえに当然、乗り気でないクラスメイトらに、池はともかくと実施に関する説明を続ける。

「当面は、皆で史料を調べて、それを元に展示物を作るのが中心作業になるな。図書室の本丸《まる》写《うつ》しだとすぐバレるぞ、って委員会で脅《おど》されたから、各自工夫《くふう》してくれ。細かい担当部署《ぶしょ》は、次の日本史の時間を潰《つぶ》して決めるそうだ」

うえー、と倦怠《けんたい》感を伴う悲鳴が教室に溢《あふ》れる。

池は予想通りの情景を眺《なが》めつつ、本来クラスが最も気にしていた、今はすっかり忘れているイベントについて、不意に切り出した。

「最後に、清秋祭初日に行われる開会パレードへの、ウチからの参加メンバーについてだ」

ざわめきが、ピタリと止む。

「前のホームルームで決めた『クラス代表』の男女人数に合わせた演目《えんもく》の割り振りが、運営委員会から通達された」

クラスの視線が、教壇《きょうだん》の池《いけ》も含めた一部生徒に集中する。

開会パレードとは、一年生各クラスの代表が、商店街から大通り、御崎市《みさきし》駅を折り返し点に練り歩き、清秋祭《せいしゅうさい》の開催を宣伝して回るという、彼ら新入生最大の見せ場である。

その参加者は、おとぎ話や有名な物語をモチーフにした華《はな》やかな仮装をすることになっている。一年生が初めて迎える、中学とは規模も影響《えいきょう》も参加の度合いも桁違《けたちが》いな学園祭への参加気分を盛り上げるため、考案されたのだという。

この、御崎市の住民ならば幾度《いくど》となく見た覚えのある、華やかで楽しげなパレードへの参加は、一年生にとっては高校生になった証拠《しょうこ》、あるいは醍醐味《だいごみ》とでも言うべきイベントとして認識されていた。

もっとも、準備以外の、実際にパレードに参加できる人数は、一クラスにつき六〜八人まで、計五十人程度である。そして、その『クラス代表』には当然、衆目《しゅうもく》を浴びるに足るだけの容姿《ようし》を持った者たちが選ばれることとなっていた。

ここ、一年二組の『クラス代表』選出も、他所《よそ》同様、荒れに荒れた。

一人の、見た目にも可愛《かわい》く貫禄《かんろく》満点、舞台度胸《どきょう》も当然完璧《かんぺき》だろう少女の参加だけはあっさり決まったが、それ以外は目立ちたがりが立候補しては否決され、推薦《すいせん》してははにかみ屋が辞退し、という展開で、収拾は容易につかなかった。

結局、決まっていた一人の少女を中心としたいつもの面子になったのは、いい加減《かげん》、議論に疲れた末の消極案だった。代表として選ぶのなら彼らだろう、彼女たちなら他所にも負けはしない、という見解《けんかい》だけは一致していたからである。

「それでは発表する。男子四人、女子三人、という人員構成に合わせた協議の結果、ウチに割当てられた演目は二つになった」

池が、別の封筒《ふうとう》から、また一枚プリントを取り出した。

教室の空気が、なぜか痛いほどに緊張《きんちょう》し、

「一つは、男子三人、女子二人による『オズの魔法《まほう》使い』」

声を受けた途端《とたん》、安堵《あんど》で弛緩《しかん》した。

選ばれた『クラス代表』ら以外の全員が、

（なーんだ、結局なんてことない、普通の演目じゃん）（変にぴりぴりするようなもんじゃなくて良かった～）（最近、あの二人ってば、バトル激しいからねえ）（ま、皆でワイワイ騒ぐだけなら大丈夫だろ）（仲《なか》自体は、別に悪くないんだし）

と思い、そして次の瞬間に気付く。

選出された『クラス代表』は、全員で男子四人、女子三人だったことに。

（ということは）

メガネマンが僅《わず》かに頰《ほお》の線も硬く、次の演目《えんもく》を発表する。

「もう一つは、男子一人、女子一人による『ロミオとジュリエット』だ」

どこかで、

バイク便の男が、

重くて分厚い封筒《ふうとう》を、会社の受付嬢《じょう》に渡した。

池《いけ》の指示を受けて、藤田《ふじた》が演目の役柄《やくがら》を黒板に書き連ねていく。

『オズの魔法《まほう》使い』

女1――少女・ドロシー

女2――愛犬・トト

男1――案山子《かかし》

男2――ブリキの木こり

男3――ライオン

『ロミオとジュリエット』

男1――ロミオ
　女1――

「ジュ、リ、エット……と。書いたよー」

藤田に言われて、池は頷《うなず》いた。

「ありがとう。さて、と……次は配役の決定なんだけど」

池も含めて、クラスの皆が、来た、と思う。

彼らがこれほど緊張《きんちょう》するのには、一つの理由があった。

一年二組の名物として、それなりに有名な三人による『戦い』である。正確には、一人の少年を二人の少女が奪い合うという、いわゆる三角関係の中での戦いだった。

少女二人は、この数ヶ月、少年を巡って事ある毎《ごと》に激しく対立・対決していた。

といっても、露骨《ろこつ》な喧嘩《けんか》や嫌がらせの応酬《おうしゅう》という形は取っていない。

少女の一人は内気で心優しい、もう一人は公明正大《こうめいせいだい》で物堅《ものがた》い、という性格なので、遣《や》り取《と》りは陰湿《いんしつ》になり得なかったのである。もっとも、双方ともにそんな性格であったがために、勝負は決定的な局面を迎えられず、ズルズルここまで来た、とも言えるが。

ともあれ、そんな変な意味でのフェアプレイに徹してきた二人にとって、開会パレードでの仮装、しかも男女一人ずつのペアとして参加する『ロミオとジュリエット』の演目は、大きな意義を持っていた。意中の少年とさらなる親密さを得、ライバルとの差をつける絶好のチャンス、というわけである。

教壇《きょうだん》にある池《いけ》は、その二人（と、実はもう一人）からの強烈な視線を受けて、しかしなんとか流しつつ、できるだけ事を穏便《おんびん》に済ますべく、一つの提案を行う。

「下手《へた》に話し合いや多数決で決めると、お互いいろいろと角《かど》が立つから、恨《うら》みっこなしのクジ引きで決めようと思うんだけど、どうかな？」

あからさまに、教室の空気が軽くなった。

誰をどの配役に推《お》すか悩む……悩んで入れたとしても、その結果次第では気まずくなりかねない……そんな、責任を伴う投票に参加するよりは、当事者たちだけのクジ引きで決めてもらった方がありがたい。

これら本音の漂う空気を読んで、すかさず池は決を採る。

「反対の人は？」

もちろん、わざわざ反対の声を上げて事態をこじれさせようという者はいなかった。

当事者である少女二人も、クジ引きならば相手に文句を言わせずスッキリ決められる、と考えているらしい。

池は了解《りょうかい》を取り付けたものとして、

「じゃ、クジはここに作ってあるから――」

用意良くポケットから暗記用の単語帳を取り出した。一枚に一つずつ、役柄《やくがら》が書いてあるのを全員に見せて、隣《となり》の副委員に渡す。

「——はい。僕らに見えないように切って。まずは男性からよろしく」

「うわ、責任重大」

おっかなびっくり受け取ると、藤田《ふじた》は池に背を向けて、単語帳の札を混ぜた。程《ほど》なく、

「よっし、いいよー……、んじゃ、まずは池君から」

再び皆の方に向き直り、男性の役柄の数、四枚の（わざわざ輪っかに通しなおした）単語帳を池に差し出した。

「えっ、僕から？」

池速人《はやと》も、いつもの面子の一人であり、無論《むろん》のこと『クラス代表』に選ばれている。各クラスと運営委員の連絡役という、当然多忙《たぼう》が予想されるクラス委員であっても、選ばれれば参加せねばならない決まりなのだった。

「真ん前にいるからね。さ、どーぞ」

「公正を期すなら、進行役の僕は最後に残った役柄にすべきなんだけど……」

「いいから、さっさとやっちゃいなさい」

藤田の強引《ごういん》な独断は、池の衆《しゅう》に諮《はか》って合意と納得《なっとく》を得るやり方とは正反対である。

しかし、この場合はザックリスッパリ決める彼女の手法に従った方が、後腐《あとくさ》れもないかもし

れない、とメガネマンは議事の流れから思う。

「ま、いいか」

言って、僅《わず》かに教室全体へと了解《りようかい》を求める視線を送る。

反対する者は、やはり一人もなかった。事が拗《こじ》れて大騒ぎの堂々《どうどう》巡りになるのは『クラス代表』選出だけで十分、もう懲《こ》り懲《ご》りなのだろう。

今は誰もが、『ロミオとジュリエット』の配役こそアタリ、『オズの魔法《まほう》使い』の配役は、ハズレ、と認識して、その決定を静かに見守ていた。

まるでドラムの連打《れんだ》が聞こえてきそうな視線と雰囲気《ふんいき》の中、

「じゃ、お先」

池《いけ》は特に迷うでもなく、四枚のカードの一番下を千《ち》切《ぎ》り取った。

それを裏返すまでの、ほんの四半秒、

(僕がロミオ、ってことも……)

可能性としては十分にある、一人の少女と並ぶ姿を想像し、

(……でも、ま、主役を張れるタイプじゃ、ないか)

すぐに自分の立場を客観的に捉《とら》え直す。捉え直して、執着《しゆうちやく》を捨ててしまう。

嫌になるほどの冷静さへの自己嫌悪《けんお》を抱き、しかし同時に、想う少女にとってはその方がいい、余計《よけい》な働きかけをして彼女を苦しめない方がいい、と納得《なつとく》する。納得して、それ以上踏み

込もうとしない。

（一度、そうやって痛い目にも遭《あ》ったしな）

想いを隠《かく》す眼鏡《めがね》に、カードの裏が映る。

「……」

ガッカリしたようにも、ホッとしたようにも見える苦笑《くしよう》で、皆に見せる。

「……案山子《かかし》だ。ま、こんなもんかな」

おお、と小さくどよめきが起こった。

池は、その中に安堵《あんど》の溜息《ためいき》を漏らす少女がいることを知って、苦笑《くしよう》の色を濃くした。

少女の側に悪気はない。いろんな感情はこっちが一方的に抱いているだけ。少女はなにも知らない。これらの事情を、理屈《りくつ》として分かってはいたが、感情の方、少年の矜持《きようじ》が傷付くことは避けようもなかった。

（こういうのを独り相撲《ずもう》って言うんだろうな）

またもや冷静に自己分析《ぶんせき》する彼を、

「カカシって、『頭が欲しい』とか言ってた奴《やつ》だろ？　メガネマンに扮装《ふんそう》させるにゃ悪いジョーダンだよなー」

と、男子生徒の一人が軽い口調でからかった。

同じく『クラス代表』に選ばれた、『一応、美をつけてもいい』少年・佐藤啓作《さとうけいさく》である。

その彼に、藤田《ふじた》が言う。

「はい次、佐藤《さとう》君ね」

「ほいよ。サクサク行くってわけね」

佐藤は笑って答え、軽い身のこなしで立ち上がった。

その背丈《せたけ》はスラリと高く、全体に華奢《きゃしゃ》。おまけに明るい性格が表《おもて》に出るタイプで、雰囲気《ふんいき》も垢抜《あかぬ》けているという、まさにパレードにはうってつけの逸材《いつざい》だった。

「おっ、やる気満々《まんまん》？」「佐藤ロミ夫ってか」「浮気《うわき》しまくりそー」「木こりだ木こり」「ロミオ引いたら空気読めない奴《やつ》って言ってやるからなー」「ライオンでいいぞー」

前に出る間にも、クラスメイトが一斉《いっせい》に囃《はや》し立て、本人も、

「うるせー」

と笑って答える。彼は、この手のお祭りに類する行事では、率先《そっせん》して騒いだり周りを盛り上げたりするため、メガネマンとは別の意味で好かれていた。

「さってと。藤田ちゃん、一枚ちょーだいな」

「はいはい、残り三枚よー」

藤田は単語帳のカードを一枚ずつずらして、その前に出してやる。

佐藤は真剣に、目の前のカードについてではなく、なにになれば良いかで悩む。

（いい男に見せるってんなら、確かにロミオなんだけどな）

見せる、というのは、憧《あこが》れている女性に対して、という意味である。

生き様《ざま》、強さ、美貌《びぼう》に風格、全てに痺《しび》れさせられる物凄い女性が、彼の自宅である豪邸《ごうてい》に居《い》候《そうろう》している。

その女性は、並の人間ではない。というより、人間ではない。異《い》世界から渡り来て人を喰らう化《ば》け物《もの》を、多彩《たさい》な力をもって駆逐《くちく》するという、異能《いのう》の女傑《じょけつ》である。

（でも、格好《かっこう》つけた程度で振り向いてくれるかと言えば……ダメだろーな）

親友と二人、女傑の子分として半年ほど関わってきた彼は、ようやくその志向について把握し始めていた。漠然《ばくぜん》と、というレベルではあったが。

彼女は、見掛け倒しや虚仮脅《こけおど》しに騙《だま》されない、以上に嫌いでさえあるのだった。

着飾った姿を見せて、見直されたり褒《ほ》められたり、という状況は、まず在《あ》り得《え》ないように思えた。パレードの格好一つで得意がっているような男を、内実《ないじつ》のない外側だけで自分に挑むような男を、彼女は好まないだろう。

（つーか、パレードを見に来てもらう以前に、学祭に興味を持ってくれるかどうかすら、怪しいと来たもんだ）

普段の生活ぶりを見るに、どうもグータラするのが好きであるらしい。いざというときの活力や気迫と、この常態《じょうたい》のギャップは、近くに在る者として堪《たま》らない彼女の魅力《みりょく》の一つとして映ってはいるのだが、こういうときは対処に困る。

（パレード自体は、あんまアピールの役に立たない……いや、こういうことで打算《ださん》働かせるってのが、そもそもケシカラン、カッコ悪い、ってか？）

好かれたい、という以上に、軽蔑《けいべつ》されることに耐えられない（ゆえに、それは恋ではなく憧《あこが》れでしかないことに、少年は気付いていない）。

と、思いを切るように、藤田《ふじた》が声をかける。

「佐藤《さとう》くん、まだ？」

「あ、ゴメン、よっと」

数秒、伸ばしたまま固まっていた手を、素早く振って、一番上を一枚、千切《ちぎ》り取る。

裏を返して、オーバーに手を額《ひたい》に当てる。

「あちゃー！　主役逃《のが》した」

「はーい佐藤くん、ブリキの木こりね」

覗《のぞ》いていた藤田が、池《いけ》のそれと一緒に、配役を黒板に書き留めた。

クラスに再び笑いがチラホラと起きる。あるいは順当なところかも、という空気だった。

（ハートがないブリキ、ね）

その悪意のない笑いの中、佐藤は微《かす》かな自嘲《じちょう》を浮かべつつ、席に戻る。そのついでと、後ろの親友に声をかけた。

「あと二人だけど、田中《たなか》、次引くか？」

「んー、坂井《さかい》はどうする？　俺は残った役でも構わんから、先にやってもいいぞ」

やはり『クラス代表』に選ばれた田中栄太《えいた》は、大柄《おおがら》な体を窮屈《きゅうくつ》そうに振り向かせる。

クラス中の視線が一つの席に……教室の中ほどに座っている三角関係の支点たる『クラス代表』の少年に、集中する。

「そうだな……」

その坂井悠二《ゆうじ》が、呑気《のんき》に答えた。

「もう池と佐藤が決めた後だけど、一緒に引かないか？　残ったのを宛《あて》がわれるって、自分で選んだ気がしないし」

強い口調《くちょう》で言っているわけではないというのに、なぜか提案の妥当性《だとう》以上に大きな説得力がある。声に態度に、言う通りにするのが良さそうだ、という安心感を与える、不思議《ふしぎ》な風韻《ふういん》のようなものがあった。

訊《き》いた田中も、スッパリ決めて頷《うなず》く。

「よっしゃ、そうしよう。あ、でも、俺がロミオってのも恥ずかしいし、なんなら配役譲《ゆず》ってもいい――」

「だ、だめよ！」

跳ね飛ばすように椅子《いす》を引いて、緒方《おがた》真竹《またけ》が立ち上がっていた。『可愛《かわい》い』と言うより『格好《かっこう》いい』部類に入る容貌《ようぼう》が、意気込みに燃えている。もちろんと言うべきか、彼女も『クラス代表』の一人である。やたらと焦った様子《ようす》でまくし立てる。

「もう二人がクジ引きで決めたんだから！　平等に最後までやるべきよ！」

「わ、分かった分かった、冗談《じょうだん》だって」

その勢いに押されるように、田中《たなか》は思わず背を反らした。彼女の心底《しんてい》が分かっているだけに、無碍《むげ》に反抗するわけにも行かない。

（まさかと思ったけど……やっぱロミオとジュリエット、狙ってたのか）

思って心身、密《ひそ》かに冷や汗をかく。

演目《えんもく》が発表されたときから、嫌な予感がしていたのである。

緒方《おがた》は、田中が好きなのだった。そうハッキリと告白して、田中も遠回しにではあるものの、その気持ちを受け入れ、今では周りから半《なか》ば公認の仲として見られている。

彼は現在、佐藤《さとう》と同様、一人の女性に夢中《むちゅう》であるため、今の間柄《あいだがら》を具体的な行為で進展させる気にはなれないでいるが、緒方からの積極的なアプローチについては素直に嬉《うれ》しく思っている。二人一組の演目をもぎ取ることについても、彼女なりの腹積《はらづ》もり、そうするだけの理由があることは理解できた。ただ、

（少しは考えろっての、俺がロミオって柄かよ）

とは思う。

実のところ、田中は大柄《おおがら》ではあるものの、体格がスリムであるため、衣装《いしょう》映えするタイプで

ある。本人が思っているほど仮装が似合《にあ》わないわけではないのだが、その辺り、どうしても思春期の少年としての照れが入ってしまうのだった。

（さっき無理《むり》にでも坂井《さかい》に譲《ゆず》ってれば……ってのもダメか）

先の成り行きを思い出してゲンナリする彼を他所《よそ》に、藤田《ふじた》は勢いに任せてガンガン議事を進行させんとする。張り切り全開の緒方だけでなく、残る二人の『クラス代表』たる少女らにも声をかけた。

「そうだ、みんな一緒にってんなら、いっそのことシャナちゃんと一美《かずみ》も入れて、残り男女全員で引けばどう？」

立ち上がった悠二《ゆうじ》の隣席《りんせき》で、

「……公正迅速《じんそく》に決まるんなら、なんでもいい」

平井《ひらい》ゆかりことシャナが僅《わず》かに声も硬く、

その少し後ろで、

「うん、皆が、良いなら」

吉田《よしだ》一美が真剣な表情でしっかり、それぞれ頷《うなず》いた。

一方の悠二は、そんな二人の返事と態度、なにより強烈な視線に晒《さら》されて、見た目に分かるほど浮き足立っている。おずおずと、波乱を呼びそうな提案に訊《き》き返した。

「全員で……？」

藤田《ふじた》は澄ました顔で、いきなり情《なさ》けなく崩《くず》れた少年に頷《うなず》いてみせる。

「そう。一発勝負で決めた方が、さっさと終わるでしょ。オガちゃんも、いいよね？」

「も、もちろんいいわよ」

緒方《おがた》は少し慌《あわ》てたが、それでも望む所と頷く。予想外の事態ではあったが、結局クジを引くことには違いない、と気を取り直し、再び燃える。

「よし、やるわよ！」

一方の悠二《ゆうじ》はと言えば、

「まあ、さっさと、終わりはする、だろうけど」

さっきまでの安心感の風韻《ふういん》もどこへやら、静かに立ち上がる二人、自分を支点に振れる少女らを交互に見て、ただ冷や汗を浮かべていた。

緒方は他人事《ひとごと》ながら、思わず溜息《ためいき》を吐《つ》いて少女らに同情する。

(坂井《さかい》君って、時々カッコ良いのに……やっぱり、こっちが地なのかなあ)

一年二組名物の三角関係が、長引いて勝負のつかない最大原因……というより元凶《げんきょう》は、この坂井悠二の優柔不断《ゆうじゆうふだん》にあるのだった。少なくとも周りはそう見ていた。

普段はノホホンとしているくせに、小さな事件、大きな騒動《そうどう》になると、自然とそこにいて名案を出す妙《みょう》な奴《やつ》、というのが衆目《しゅうもく》の一致する坂井悠二評《ひょう》である。

どれくらい妙かというと、『クラス代表』にも何気なく、これといった押し出しや特徴もない身で潜《もぐ》り込んでいるくらいに、妙である。

なにより、推《お》された面子《めんつ》の中心が、頭脳明晰《めいせき》な正義のヒーロー・メガネマン池《いけ》でも、明朗《めいろう》快活でイベント好きな美少年・佐藤《さとう》でも、気は優しくて力持ちを地《じ》で行く田中《たなか》でも、カラッとしたスポーツ少女の緒方真竹《またけ》でも、貫禄《かんろく》満点・最強無敵《むてき》生徒のシャナでもない、この彼であるように見えるのが、本当に妙だった。

（これで、今みたいな情《なさ》けないところさえなければねー）

坂井悠二という、妙にいい場所を占め、いい知恵を持つ少年は、しかしどういうわけか恋愛《れんあい》にだけは冗談《じょうだん》のように疎《うと》かった。というより、端《はた》から見ていてイライラするほどに煮え切らない性格だった。余人《よじん》の羨《うらや》む可愛《かわい》い少女二人に好意を寄せられながら（最早《もはや》これは周知のこととなっていた）、どっちと決めることができない。いつも両手に持った花をアタフタと見て、その機嫌《きげん》にハラハラしている。

今のように。

（まったく、男ってのは……）

煮え切らない、という共通の不満を田中に対しても感じている緒方は、大人《おとな》ぶった台詞《せりふ》を胸中《きょうちゅう》で呟《つぶや》いてみる。

彼女は、こういう台詞の含蓄《がんちく》、積極的にアプローチする踏ん切りを、一人の大人物《だいじんぶつ》（と彼女は思っている）に、幾度《いくど》となく貰《もら》っていた。どういう因果《いんが》か、佐藤と田中が憧《あこが》れ夢中《むちゅう》になっている女社長（と彼女は教えられている）、マージョリー・ドーである。

緒方《おがた》は、その尊敬《そんけい》する大人《おとな》の女性に、

（――「二人は、私に恋をしていない。私への愛も持っていない」――）

と密《ひそ》かに教えられてから、

（――「ドンドン仲良くなって支えてあげなさい」――）

と強力に励まされてから数ケ月、その間ずっとサボることなく、積極的なアプローチを田中《たなか》ロに対し、繰り返してきた。ゆえに今度も当然のこととして、ドンドン仲良くなるべく『田中ロミオと緒方ジュリエット』の座を狙っていたのである。

息巻《いきま》く彼女は、クラス委員に許可を求める。

「皆で一斉《いっせい》に残ったクジを引く、って事でいいよね、池《いけ》くん？」

池は窓際《まどぎわ》の担任《たんにん》から、投げやりな頷《うなず》きを得ると、決を採る。

「分かった。他の『クラス代表』に異議《いぎ》は？」

「あーあ、なんだ、焦って引かなきゃ良かったか」

佐藤《さとう》が笑って椅子《いす》に背をもたせ掛けた。

池が、意地悪《いじわる》っぽく訊《き》く。

「何なら、もう一度混ざってもいいぞ？」

「冗談《じょうだん》だよ。今さら入ったら、邪魔者《じゃまもの》抹殺《まっさつ》光線で焼き殺されるって」

クラスの誰もが同じ感想を抱いていたが、口に出す勇者《ゆうしゃ》は佐藤以外にいなかった。

どこかで、

会社の受付嬢《じょう》が、

届けられた書類を、総務課の係員に渡した。

教壇《きょうだん》へと、残りの五人が集った。

生徒から見て、右に男、坂井悠二《さかいゆうじ》、田中栄太《えいた》。

同じく左に女、シャナ、吉田一美《よしだかずみ》、緒方真竹《まだけ》。

それぞれが決闘のように並び立つ。

残された配役の内、本命であるロミオとジュリエットは、まだ出ていない。最早《もはや》、事ここに至って『オズの魔法使《まほうつか》い』の方に気を払っている者はなかった。関心はただ、男女ペアによるパレードへの参加権のみにある。

藤田《ふじた》は、より慎重《しんちょう》に単語カードを切った。

「えーと……こっちが男性陣《じん》、残ってる配役はロミオとライオンね」

教壇《きょうだん》の右端《はし》に二枚、

「で、こっちが女性陣《じん》、ジュリエットとドロシーと犬のトトね」

同じく左端に三枚、カードが伏せた状態で並べられる。

教室に、緊張《きんちょう》が高まる。

同時、一歩踏み出したのは、一瞬考えてしまった緒方《おがた》の両脇《りょうわき》にある、二人の少女だった。

「！」

「！」

二人は、踏み出してから、お互いが動いたことを知る。

シャナが動いたのは、先手《せんて》必勝こそが信条《しんじょう》だったから。

吉田《よしだ》が動いたのは、躊躇《ちゅうちょ》せず挑《いど》もうと決めていたから。

「……」

「……」

二人は、横目で視線を、まさに火花の散るように交わす。

シャナは、最早《もはや》隠さず、悠二《ゆうじ》のパートナーの座を専有《せんゆう》せんとの意思を込めて。

吉田は、最早《もはや》尋常《じんじょう》ならぬ強敵をも恐れず、悠二とのさらなる親密さを求めて。

そんな剣呑《けんのん》極まる雰囲気《ふんいき》に、元凶《げんきょう》たる少年が声をかける。

「ふ、二人とも、そんな、たかが、パレードの仮装くらいで必死にならなくても……競争とか勝

負じゃ、ないんだしさ……ね？」

　その横にある田中《たなか》が、

（なにが、『ね』だ、このバカ）

と頭を抱えたくなるほどの、最悪な仲裁《ちゆうさい》の言葉だった。

　案の定《あんじよう》、二人が視線の向きと、ついでに火花の焦点を、無責任な少年へと変える。

「でも、悠二《ゆうじ》と一対一のパートナーになれるかもしれないんでしょ」

　シャナが妙《みよう》に静かな、怒りを隠《かく》すとき特有の表情で言った。（悠二にとって）悪いことに、彼女はクラスメイトの中村公子《なかむらきみこ》から、『ロミオとジュリエット』という演目《えんもく》は、周りから『恋人』という親密な男女のペアとして見られることになる、という非常に偏《かたよ》った情報を与えられており、ゆえに当然、その座を勝ち取る戦意に燃え滾《たぎ》っていた。

「なら私も、そっちを目指す」

　見た目、十一、二歳《さい》とは思えない、一種異様《いよう》なまでの迫力がある。

　それも当然、こうして何気なく学校生活に混じっている彼女は、人間ではない。この世のバランスを守るため、人喰いの異界人《いかいじん》〝紅世《ぐぜ》の徒《ともがら》〟を討滅《とうめつ》する使命を持つ異能《いのう》者、フレイムヘイズだった。称号《しようごう》は『炎髪灼眼《えんぱつしやくがん》の討《う》ち手《て》』で、シャナという名は悠二がつけた。

　彼女は、複雑な経緯《けいい》の結果、この街に滞在《たいざい》することになっている。当初はフレイムヘイズとしての使命からだったが、今では別の要因が大きい。

他でもない、悠二との関係である。

(悠二の隣《となり》には、私が立つ)

シャナは、フレイムヘイズとして有用な少年を必要とする、その感情以上に、少女として少年とともにありたい、と想うようになっていた。

演目と同様、清秋祭《せいしゅうさい》やパレードのことは、周りから大まかな説明を受けている。

学校を舞台に、生徒たちが主体となって開く式典であるという。以前に体験した、その道の本職が催《もよお》したミサゴ祭り、数人だけの集まりで行った吉田《よしだ》一美《かずみ》の誕生パーティー、双方の中間のようなものか、と捉《とら》えていた。わざわざそうする理由は分からなかったが、みんなでやるという行為には最近、楽しさを覚えているので、特段不平不満《ふへい》を抱くこともない。

こう思うことが、自分という存在にとって良いことなのか悪いことなのかの判別は、ついていない。この街で暮らし始めてから、どういうわけか、以前ほど日々の細々《こまごま》とした物事を単純化して割り切ることができなくなっていた。

ただ、一つだけ、その例外となる気持ちがある。

(悠二の隣は、渡さない)

特に、吉田一美には。

彼女は、悠二が好きなのである。

全然嫌《きら》いではない、むしろ好きとさえ言える少女が、この一点があるだけで不倶戴天《ふぐたいてん》の敵のように感じられてしまう。どんな些細《ささい》なことであっても、絶対に譲《ゆず》れない、絶対に妥協《だきょう》できない、と思わされてしまう。

（吉田《よしだ》一美《かずみ》には、負けない）

その少女は、もう以前のように、少し強く出たくらいでは引いてくれない。

どうしようもなく強い敵になっていた。

しかし、だからといって、こちらが引く気も毛頭《もうとう》ない。

その熱い対抗心に反応するように、

「たかがパレードの仮装、じゃないんです」

吉田が、衆目《しゅうもく》を集める中でキッパリと言い切った。

「とっても大事な、ことなんです」

クラスメイトらを僅《わず》か驚かせるほどに、強い意志の感じられる声だった。

こんな大勢《おおぜい》の前で自分の意見を口にするなど、引っ込み思案《じあん》だった以前の彼女なら考えられないことである。本人もそのことを自覚して、クラスメイトらと同じように驚きさえして、それでもやはり、引く気はない。

（シャナちゃんには、負けない）

彼女は、悠二《ゆうじ》への想いだけでなく、ライバルであるシャナからも、力を得ていた。

（坂井《さかい》君は渡さない）

そう思うだけで、眼前のフレイムヘイズ……強くて頭が良くて可愛《かわい》くて格好《かっこう》いい少女に対抗できる力が、胸の奥底から沸々《ふつふつ》と湧《わ》いてくるのを感じる。

シャナは、真っ向から訊《き》くと言葉を濁《にご》してしまうが、悠二を想っている。言葉の遣《や》り取《と》りから、今のような行為としての表れから、それは明白だった。

なのに、自分の気持ちを認めようとしない。ただ対抗し、割り込んでくる。

(そんな、ずるいシャナちゃんなんかに、坂井君は渡さない)

ただの人間である吉田は、『この世の本当のこと』を知っている。シャナがフレイムヘイズであることを、この世の裏に〝紅世《ぐぜ》の徒《ともがら》〟が跋扈《ばっこ》し人を喰らっていることを、なにより、坂井悠二についての真実を、知っている。

しかし、それでもなお、自分が悠二を好きなままでいる。

むしろ、知ったからこそ、その気持ちをより強く、確信できた。

坂井悠二と一緒にいたい、その気持ちは、全く揺るがなかった。

だから、今のように、フレイムヘイズと張り合うこともできた。

「と……とりあえず、言い争いは後にして、クジ、引いてくれる?」

距離を取ろうとして黒板に背中をつけてしまった藤田《ふじた》が、ようやく口を挟んだ。

まるでそれが決闘《けっとう》開始の合図であるかのように、

「私が、悠二と並ぶ」

「負けない」

二人は言い交わして、クジを引く。

シャナは三枚の真ん中を素早く、吉田《よしだ》は自分の正面にある物をしっかり、出遅れた緒方《おがた》が残った一枚を慌《あわ》てて、それぞれ取った。

藤田《ふじた》と同じく、すっかり気圧《けお》されていた池《いけ》が、男子二人にも促《うなが》す。

「そっちも、どーぞ」

悠二《ゆうじ》は脇腹《わきばら》にゴスッと、

「痛っ!?」

田中《たなか》による肘打《ひじう》ち……『先にやれ』という無言のサインを受け取り、恐る恐る自分の前にあるカードを選んだ。続いて田中も、残る最後の一枚を手に取る。

クラスの大半《たいはん》が、本当にゴクリと咽喉《のど》を鳴らす静寂《せいじゃく》を、

「はい、では裏返してください!」

と仕切り屋の藤田が、まるで最初から司会役でも割り振られていたかのように叫んだ。

声に従って各々のカードが裏返され、

(悠二の隣《となり》は、私)

(坂井《さかい》君、お願い!)

(田中と一緒、田中と一緒、田中と一緒)

（ロミオとライオン、どっちに、なる……？）

（頼むから、ロミオだけはやめてくれよ～）

そこに書かれた役名を、各々が瞳に映す。

時の流れが凍り付いたような、一瞬の間。

御崎《みさき》高校清秋祭《せいしゅうさい》、開会パレードでのペア。

数十人による行進で、一緒に並んで歩く。

他になにか特典などがあるわけでもない。

本当に、ただそれだけのこと……それでも、一年二組の生徒たちは、ただそれだけのことに、ここまで見事に悲喜《ひき》の分かれたことが、至極《しごく》当然であるように感じられた。

誰でも、彼女らの顔を見れば、そう感じたに違いない。

まず悠二が、

「ロミオだ……」

と曰《いわ》く言い難い顔になり、
吉田が、

「――っ!!」

声にならない歓喜の声をあげ、
逆にシャナは、

苦虫《にがむし》を千匹噛《か》み潰《つぶ》したような顔を、鋭く俯《うつむ》けた。
「――っ!!」
少しして、
取り残されたような田中《たなか》が前に向けて、
「……ライオン」
と言い、
緒方《おがた》が、
「……犬だって」
気の抜けたような声で答えた。
結局、
『オズの魔《ま》法《ほう》使い』
少女・ドロシー　――　シャナ
愛犬・トト　――　緒方真《ま》竹《たけ》
案山子《かかし》　――　池速人《いけはやと》
ブリキの木こり　――　佐藤啓作《さとうけいさく》
ライオン　――　田中栄太《えいた》
『ロミオとジュリエット』

ロミオ　　　　　　　　――坂井悠二《さかいゆうじ》
ジュリエット　　　　　――吉田一美《よしだかずみ》
ということになった。

どこかで、
総務課の係員が、
受け取った書類を、丁度《ちょうど》行き遭《あ》った営業の社員に渡した。

静かな嵐《あらし》の如《ごと》きホームルームを乗り越え、終礼を済ませた一年二組の生徒たちが、担任《たんにん》教師を追い越す勢いで、教室から次々と出て行く。
「センセ、さいならー」「清秋祭《せいしゅうさい》って、中学のときに行ったけどさあ」「やっぱ、楽しみなのは軽音かねえ」「映研なんか、自主映画撮《と》ってるらしいぞ」「おっ先ー」「んーじゃねー」「展示って言えば、写真部が生《なま》写真をコッソリ売ってくれるってよ」「一組の川上《かわかみ》君のとか、あるかな?」「帰りだけどさ、新しく大通りに……」
寸暇《すんか》を惜しんで楽しみ遊ぶ高校生にとって、正規時間前《まえ》の下校は最高のプレゼントである。

ご機嫌《きげん》のクラスメイトたちは、寸前《すんぜん》まで嵐《あらし》の中心だった『クラス代表』たちにも、出て行く前に明るく軽く、声をかけてゆく。

「一美《かずみ》、おめでと」

「坂井《さかい》くん、これからの展開も楽しみにしてますよー、おほほほ」

「シャナちゃん、めげないめげない」

「ドロシーでも絶対可愛《かわい》いって！」

「オガちゃん、ライオンと腕組みゃいいじゃん？」

堰切《せきき》るように生徒たちが去った後、黒板を消し終わった藤田《ふじた》も、

「私、先に登録票《ひょう》を運営委員会に届けてくるから。池君《いけ》は鍵《かぎ》の方、よろしくー」

言って、配役を記した書類を手に出て行いった。

「うん、また後で」

池は頷《うなず》き、なんとなく最後まで残っていた『クラス代表』たちも教室を後にする。

出た先、廊下の窓に目をやった佐藤《さとう》が、

「お、さっそく始めてんのか」

と声をあげた。

校門を対面に置く狭いグラウンド、その端《はし》に、清秋祭《せいしゅうさい》の準備作業が見える。

校舎裏手《うらて》から次々と、さまざまな長さを持つ鉄パイプ、ジャッキや支持架《か》、ベニヤ板にビニ

ールシートなど、ステージや入場ゲートを組み上げるための仮設資材が運び込まれていた。

作業に当たっているのは専門の業者ではなく、たまたま体育の授業に当たった三年生であるらしい。数人ずつ組になった男子が資材をグラウンドに置き、女子は資材をまとめていた紐《ひも》を解《ほど》いて、教師の指示の元、何本かずつ塀際《へいぎわ》のビニールシート上に並べていた。

遠目《とおめ》にも大変そうな雰囲気《ふんいき》に、池は苦《にが》く笑い、

「今日の会議で、実質動き出したようなもんだからな。これからいろいろ駆り出されるぞ」

脅《おど》す傍《かたわ》ら、最後に教室を出た者として鍵を閉める。

「さて、と……僕は職員室に鍵を届けたら、そのまま運営委員会に出てくるから」

先に帰っていいよ、というニュアンスを言葉の端に受け取って、

「ずっと詰めっぱなしなんだな、お疲れ」

悠二《ゆうじ》が軽く返す。

「頑張《がんば》れよ、未来の生徒会長」

佐藤が付け加えた。

池は笑って、その胸に裏拳《うらけん》を入れる。

「なに言ってんだよ、立候補もしてないのに」

「どーせ役員には推薦《すいせん》されるだろ」

「私たちのメガネマンが生徒会のおメガネに適《かな》わないわけないもんね」

田中《たなか》と緒方《おがた》も、割と本気の色を見せて冷やかした。
御崎《みさき》高校における生徒会の選挙は、毎年の清秋祭《せいしゅうさい》が終わった後と、かなり遅い。生徒会自体も、一風変わった制度を採っていた。
その最たるものは、会長が選挙で選ばれない、ということである。前年度の副会長が、前会長の卒業と同時にスライド式で昇格するのである。つまり、二年から選出される副会長選挙が、実質上の会長選出となる（もちろん、実務の引き継ぎはもっと早い）。
それ以外の役員も、立候補は自由という建前だったが、実際は推薦《すいせん》によって立つ仕組みとなっていた。学外との折衝《せっしょう》や実施の雑務など、生徒会一番の大仕事となる清秋祭に招集《しょうしゅう》されたクラス委員の集まりである運営委員会、その中からこれはという働きや見識《けんしき》を示した一、二年の逸材《いつざい》を、生徒会が推《お》す形で信任《しんにん》投票を行うのである。元々なり手も少ないので、推薦者はほとんどそのまま信任を受けて役員となる。
清秋祭は、ゆえに御崎高校にとってさまざまな意味で重要な行事として機能していた。やっかみも含めて『出世』と呼ばれる、生徒会での成り上がりルート——
クラス委員として清秋祭運営《うんえい》委員に加わって活躍《かつやく》、
その際の実績を買われて書記や会計等、役員への選出、
経験実績を積んで、副会長に選出（会内で予備選挙を行うため、対立候補はまずいない）、
前任の卒業によって会長に就任《しゅうにん》、

——という双六《すごろく》のスタートに、今、池《いけ》は立っていると言って良い。

ある意味おめでたいことに、一年二組の面々《めんめん》は例外なく、池がこの成り上がりルートを辿《たど》ると信じていた。彼、メガネマンは、生徒の中に時折《ときおり》存在する『そういうことを自然と任されるようになる雰囲気《ふんいき》』を持った少年なのである。

もっとも本人は、特に乗り気というわけでもない。分からないことには楽観しない、曖昧《あいまい》で大袈裟《おおげさ》な話には熱意が湧《わ》かない、という冷静な性格だった。皆に冷やかされても笑って、

「よせよ」

と言うだけである。手を振って、無責任な観衆を追い払うように別れる。鍵《かぎ》を届ける職員室と玄関ロビーは逆方向にあるのだった。その去り際、彼は、

「楽しくやろうよ、みんなでさ」

と軽く言い置いて行った。

無邪気《むじゃき》に喜んだことに引け目を感じて黙り込んでいた吉田《よしだ》、なんとなくムスッとしていたシャナ、双方《そうほう》が言葉の意味を感じて、別の意味の沈黙《ちんもく》を得る。

やがて、

「……帰ろっか、シャナちゃん」

吉田が微笑《ほほえ》んで言い、

「ん」

シャナも険しさの減じた声で応じて、一緒に歩き出した。

その後ろ、ほっとした悠二《ゆうじ》の、

「そうだよな、うん。皆で楽しくするのが一ば――」

右脇に、まずドスッと、

「イテッ!?」

さらに左脇に、ズンと、

「アダッ!?」

佐藤《さとう》と田中《たなか》による、割と痛い肘打《ひじう》ちが入った。

どこかで、
営業の社員が、
挨拶《あいさつ》とともに名刺《めいし》を、取引先の課長に手渡した。

「さってと!」

緒方《おがた》も玄関ロビーで別れる。

「私も、こーいう結果になったんなら、せめて土曜の公開試合でいいとこ見せないとね！」

彼女はバレーボール部所属、一年生でレギュラーの座も獲得《かくとく》している期待の新人である。運動部は各種《かくしゅ》練習試合で清秋祭《せいしゅうさい》を盛り上げる役目を負わされているので、彼女はパレードやクラスの店番も含めて、当日は大忙しとなる予定だった。

「頑張《がんば》れよ」

田中がかけた、芸のない励ましの言葉に、満面の笑みで答える。

「ふふっ、まっかせなさい！」

彼女は名前の通り、竹を割ったようにカラッとした性格である。決まったことに文句を言っても仕様《しよう》がない、とスッパリ切り替えていた。シャナの肩を叩《たた》いて言う。

「シャナちゃんも、落ち込むことなんか全然ないって。いっそミスコンでも狙いなよ。シャナちゃんならマジでいけるかも」

「みすこん？」

言われても、世事《せじ》に疎《うと》いシャナには意味が分からない。

「パレードで仮装した中で、一番可愛《かわい》い子を皆で選ぶの。優勝者には豪華特典もあるし、一番になったら三年間、ずっと威張《いば》れる、って先輩《せんぱい》も言ってたよ？」

緒方はミスコンと呼んでいるが、実際には『ベスト仮装賞』という。

各方面から理屈《りくつ》感情諸々《もろもろ》の抗議を受けて廃止された『ミス御崎《みさき》高校コンテスト』に代わって

考案された、開会パレードの副次的イベントである。

容姿《ようし》だけでなく、仮装が似合《にあ》っているかどうかに重点が置かれる、女子生徒と同じように、男子生徒についても同時に投票が行われる、清秋祭《せいしゅうさい》を協賛している商店主らにも、一定数の投票権が与えられる、等が、単純なミスコンとの差異《さい》とされている。もちろん、改正前のムードも色濃く残っているため、可愛《かわい》い子が選ばれるという原則があることは言うまでもない。

清秋祭の始まりを告げる開会パレードとともに、この『ベスト仮装賞』は清秋祭一日目、土曜日のメインイベントとして大いに期待されている。

緒方《おがた》は、押し出しが強く容姿端麗《たんれい》のシャナが本気で可愛らしい女の子の格好《かっこう》をすれば、十分優勝を狙えると踏んでいた。

「池君《いけ》じゃないけど、せっかくの清秋祭なんだから、楽しまないと嘘《うそ》でしょ？　一美《かずみ》も坂井《さかい》君も、田中《たなか》も佐藤《さとう》も池君も、みんな一緒にさ」

「うん……」

シャナは頷《うなず》いて、僅《わず》かに俯《うつむ》く。

そして、躊躇《ためら》いがちに、

「……ありがとう」

と、小声で答えを返した。

言われた当の緒方始め、その場にいた皆が一様《いちよう》に、剛毅《ごうき》果断《かだん》にして胆略無双《たんりゃくむそう》な少女の、思いもよらぬ感謝の言葉に驚いた。

感動した緒方は、弾《はじ》けたように笑うと、

「どういたしまして！　楽しもうね、準備もお祭りも全部！」

叫ぶように言って駆け出した。

その後ろ姿を見送った一同の中、田中がおかしそうに言う。

「はは、ありゃかなりジーンと来てたな」

「んー、俺も張り切る気になってきたぞ」

言うや佐藤は乱暴に、悠二《ゆうじ》と肩を組んだ。

「わっ!?」

「つーわけで、みんなで楽しむってことで決まり。もう面倒《めんどう》くさいわだかまりは無しな！」

宣言とともに、吉田《よしだ》にも目線《めせん》を流す。

「吉田さんも、オッケー？」

「は、はい」

少女から、融《と》けたような笑顔を受け取って、ニカッと佐藤も笑い返す。

その彼に、肩を組む悠二が、

「……サ、サンキュー」

と言った途端《とたん》、体勢がコブラツイストに変わった。

「うわーたたたた!?」

「なーに、が、サンキューだ！　そもそも、おまえがハッキリしてりゃ話は簡単なんだよ！」

「そうそう、反省が足りん」

田中《たなか》ももっともらしいことを言って頷《うなず》く。

「そ、そんなこと言ったってーててて、痛い痛い痛い！」

いたぶられる悠二《ゆうじ》を、シャナはフンと冷たく突き放さず、吉田《よしだ》は慌《あわ》てて止めに入らず、顔を見合わせて、明るく笑っていた。

どこかで、
怒った課長が、
丸めた書類で、新入社員の頭をポカポカと殴《なぐ》った。

早く訪れるようになった夕暮れの中、悠二とシャナは帰宅の途《と》についていた。

人気《ひとけ》の無い住宅地の歩道、涼やかな微風と薄い光、それらの端々《はしばし》に、寒さの予兆《よちょう》が匂《にお》う。

シャナが、隣《となり》を歩く悠二に、窺《うかが》うように期待するように、短く訊《き》く。

「分かる？」

「……」

青を翳《かげ》らす空に、貰《もら》ったばかりの紙片が一片、かざされる。

短いリボンを結《ゆ》わえた端《はし》に斬《き》り絵細工《ざいく》の入った、趣味のいい群青色《ぐんじょういろ》の栞《しおり》だった。

悠二は、考えるのではなく、自然と感じることを、言葉にする。

「ん……そうだな、言葉にはしにくいけど、なんだろう……表面じゃなくて、中でもない……そう、奥だ。奥に、意図か……意味？　そういうものが十何個か、絡み合ってる」

「上出来だ」

シャナの胸にかけられた、黒い宝石に金の輪を意匠《いしょう》したペンダントから、遠雷《えんらい》のような深く重い声が響《ひび》いた。

彼女と契約し、異能《いのう》の力を与えている〝紅世《ぐぜ》〟の魔神《まじん》、〝天壌《てんじょう》の劫火《ごうか》〟アラストールのものである。ペンダントは、彼の意思のみを表出《ひょうしゅつ》させる神器《じんぎ》〝コキュートス〟で、本体はシャナの身の内で眠っている。

「いよいよ、次の段階に進むべき時節《じせつ》やもしれぬ」

「うん」

師にして友、父にして兄でもある〝紅世《ぐぜ》〟の魔神の声に、僅《わず》かな満足が混じっていることに気付いたシャナは、我がことのように喜び、悠二《ゆうじ》を見上げて笑う。

悠二は、分からないながらに笑い返した。

「次の、段階？」

この半年、彼が朝に夜に鍛錬《たんれん》を続けてきた理由は最初、シャナの力になりたいという、他人に向けたものだった。しかし、今ではそこに全く逆の……〝ミステス〟たる自身への危難《きなん》に備えて力を蓄えるという、己《おのれ》に向けたものも加わっている。

元々『零時迷子《れいじまいご》』に備わっていた機能なのか、彼は力の流れや質を鋭敏《びんかん》に感知《かんち》する能力を持っていた。さらに、戦いの中で強大な〝紅世《ぐぜ》の王〟の片腕丸ごと分の〝存在の力〟を得るなどの幸運にも恵まれたため、彼の毎早朝、および夜中の鍛錬は、決して早くこそなかったものの、概《おおむ》ね順調に進んでいた。

（半年で、やっと自在式《じざいしき》の存在を感じられるようになった程度だけど）

思い、悠二は栞《しおり》を詰襟《つめえり》の胸ポケットに入れた。

この、世の常のものでは在《あ》り得《え》ない栞は、さっきの別れ際に佐藤《さとう》と田中《たなか》から、

「ほい、マージョリーさん特製の護符《ごふ》だ。二週間かけて、防御と妨害《ぼうがい》の自在法を詰め込めるだけ詰め込んだってさ。大事にしろよ」

「あと、姐《あね》さんから言伝《ことづて》、『起動と注力ができなきゃ、これはただの紙キレに過ぎない、油断《ゆだん》するな』だとさ、まあ、気ぃつけろや」

という言葉とともに手渡したものである。

彼らが憧憬《どうけい》を抱いている『マージョリーさん』、『姐さん』ことマージョリー・ドーは、シャナと同じ、"紅世《ぐぜ》の徒《ともがら》"討滅《とうめつ》を使命とするフレイムヘイズである。称号は『弔詞《ちょうし》の詠《よ》み手《て》』。戦闘に特化した凄腕《すごうで》の自在師《し》である。恐るべき敵としてシャナと戦い、また逆に頼れる味方として共通の敵に当たった、複雑な間柄《あいだがら》である。

気分屋で乱暴、興味のないことには指《ゆび》一本動かしたくないという（これはシャナと悠二の抱いた印象《いんしょう》であり、吉田《よしだ》と緒方《おがた》はなぜか全く違う評価を抱き、尊敬さえしている）彼女《し》が、わざわざこのような栞の護符を寄越《よこ》したのには、大きな理由があった。

坂井《さかい》悠二という危険な存在を、当面守らねばならなくなったからである。

今ここに在る坂井悠二、シャナやアラストールと話し、吉田との関係に一喜《いっき》一憂《いちゆう》し、池《いけ》や佐藤や田中や緒方と笑い合いふざけ合って暮らしている坂井悠二は、人間ではない。

かつてこの街を襲《おそ》った"紅世《ぐぜ》の徒《ともがら》"の一味《いちみ》に"存在の力"を喰われて死んだ『本物の坂井悠二』の残り滓《かす》——故人《こじん》の代替物《だいたい》として、周囲との繋《つな》がりを当面維持《いじ》し、やがて力の減衰《げんすい》とともに存在感や居場所《い》を徐々に失い——遂《つい》には消えてしまう道具、『トーチ』だった。

急速な存在の喪失《そうしつ》を感知《かんち》するフレイムヘイズの追跡をかわす、ただそれだけのために"徒《ともがら》"が作った、刹那《せつな》の残影《ざんえい》。それが、『今ここにいる坂井悠二』の正体だった。

ここまでならば、

彼は、この世のどこかで常に行われてきた、〝徒《ともがら》〟による放埓《ほうらつ》非道の一欠《ひとか》けらに過ぎなかった。が、しかし『今ここにいる坂井《さかい》悠二《ゆうじ》』は、一欠けらでは済まない存在だった。彼の真実には、隠《かく》された奥がさらに一段二段、存在したのである。

まず一つは、彼が宝具《ほうぐ》を宿したトーチ、〝ミステス〟だったこと。

トーチとなった彼の中に、何処《どこ》からか転移《てんい》してきた宝具は、時の事象《じしょう》に干渉《かんしょう》する〝紅世《ぐぜ》〟秘《ひ》宝《ほう》中の秘宝『零時迷子《れいじまいご》』……毎夜零時、その日の内に宿主《やどぬし》が消耗《しょうもう》した〝存在の力〟を回復させる働きを持つ、一種の永久機関だった。

もう一つは、宝具自体が半端《はんぱ》でなく厄介《やっかい》な事情を持っていたこと。

『零時迷子《れいじまいご》』の中には、その本来の持ち主であり、半年ほど前、何者かが放った刺客《しかく》によって傷ついた『永遠の恋人』ヨーハン本人が封じられ、眠っていたのだった。

ヨーハンを封じ、刺客《しかく》の魔の手から逃がしたのは、彼とともに『約束の二人《エンゲージ・リンク》』と称された強大なる〝紅世《ぐぜ》の王〟、〝彩飄《さいひょう》〟フィレスその人だった。

二人を襲《おそ》ったのは、世の闇《やみ》に名を轟《とどろ》かす殺し屋〝壊刃《かいじん》〟サブラクだったが、彼を刺客として放ったのが誰なのかは、今もって不明である。また、悠二の内に転移《てんい》する寸前《すんぜん》に、ヨーハンを封じた『零時迷子《れいじまいご》』へと打ち込まれ、その形態や構造を劇的に変異《へんい》させた自在式《じざいしき》の出所・宝具に与えた影響《えいきょう》の詳細《しょうさい》も判明していない。

これら入り組んだ事象《じしょう》を知った当人が、

「まるで生きたブラックボックスだな」

そう的確に表現したように、『零時迷子《れいじまいご》』を巡る不気味《ぶきみ》な周辺事情は、坂井悠二個人の幸不幸《こうふこう》という範疇《はんちゅう》を超えて、フレイムヘイズらにも軽挙《けいきょ》を許さない重要案件となっている。

恋人を封じた『零時迷子《れいじまいご》』を探し彷徨《さまよ》っているだろう〝彩飄《さいひょう》〟フィレス、

謎《なぞ》の自在式を打ち込んだ〝壊刃《かいじん》〟サブラク、

そうするよう、彼に依頼したはずの黒幕《くろまく》、

等々の到来と遭遇《そうぐう》の危機を、悠二という存在は身の内に抱えている。

マージョリーが渡した栞《しおり》は、これら危機に備えるための、まさにお守りなのだった。

胸ポケットの中にあっても感じる異質《いしつ》な物体に手を当てて、彼は呟《つぶや》く。

「本当に、ありがたいよな。マージョリーさんだけじゃなくて、みんな、さ」

「……」

シャナは、悠二の癖《くせ》ともいえる曖昧《あいまい》な言葉に、どういう意味、と率直《そっちょく》に訊《き》きかけて、少し間を置いた。自分なりに今の悠二の立場がどんなものなのかを把握して、周りの状況から彼の心境を推論《すいろん》して、ようやく訊く。

「……『零時迷子《れいじまいご》』の真実を、明かしたこと？」

「うん」

悠二は顔を俯《うつむ》けるようにして頷《うなず》く。

フレイムヘイズであるマージョリー、戦いに巻き込まれた佐藤《さとう》や田中《たなか》、そして自ら飛び込んだ吉田《よしだ》は、『今ここにいる坂井悠二《さかいゆうじ》』が〝ミステス〟であることを、知っていた。彼が『本物の坂井悠二』ではなく、その残り滓《かす》から作られた、本人の意思と記憶《きおく》を残した代替物《だいたいぶつ》であることも、知っていた。たまたま『零時迷子《れいじまいご》』を宿したがために、常人《じょうじん》としての生活を送っていられるに過ぎないことも、知っていた。

しかし、そこからさらに奥へと続いていた真実……見知らぬ誰かが、自分の命綱《いのちづな》である宝具《ほうぐ》の中で眠りについていること……そうなったのは、何者かに狙われたためであること……その何者かが、宝具に細工《さいく》をして変異《へんい》させてしまったこと……見知らぬ誰かを再び蘇《よみがえ》らせるため、その恋人たる〝紅世《ぐぜ》の王〟が自分を探しまわっているだろうこと……

これらの事情について、悠二は彼女らに明かすべきかどうか迷った。自分が特異《とくい》である以上に危険な存在であると知らせることへの、当然といえばあまりに当然な、迷い。

不安というも生温《なまぬる》い、この真実は、恐怖そのものだった。

でありながら、悠二は——もちろん、数日に渡る懊悩《おうのう》を必要とはしたが——包み隠《かく》さず、彼女らに全てを告げていた。

今までのことだって知られていたのだから、と捨《す》て鉢《ばち》になったためではない。

自分の苦しみを相手に伝えて共感を得、慰《なぐさ》めて欲しいと願ったためでもない。

吉田一美《かずみ》に、自分をトーチだと知ってなお『好きです』と言ってくれた少女に、

（──「これからも、なにも言わないことだけは絶対にない、全部きちんと話す」──）

と誓《ちか》っていたからだった。

悩んでいた悠二は、その言葉を思いながら、心をゆっくりと、平静に戻した。自分がトーチだと知ったときの絶望を思い出し、今在《あ》る自分こそが全てであると、もう一度、認めた。

まず話そう。苦しむのも悩むのも、まず懸念《けねん》している物事を見据《みす》え、認めてから。いざ現実となって襲《おそ》ってきたときに、しっかり動くためにも。

真実を明かすことに抵抗していたものは、自分が周りから突き放されるかもしれない、親しい人たちに嫌われるかもしれない、今まで暮らしてきた日常との別れを突きつけられるかもしれない、という恐れ……自分が抱いている感情だけだった。

しかし、なればこそ、話は簡単なのだった。

すでに覚悟《かくご》を決めた吉田に、これからの戦いにも助力してもらいたいマージョリーに、マージョリーと歩いてゆきたいと願う佐藤と田中に話して、その結果現れる現実を認める。

それこそが、誰もが望む結果に繋《つな》がる対処法なのである。

恐怖という感情は、自分が受け止めるべきものである。

それほどの自分であるという、現実があるのだから。

シャナにその決意を話したとき、彼女は少しだけ笑って、頷《うなず》いてくれた。

『零時迷子《れいじまいご》』に隠された真実を告げられた吉田は、ショックを受けたようだったが、

「なにも、変わりません」

と笑いかけてくれた。

マージョリーは、

「あー、もー、あんたたちってば面倒《めんどう》ばっか呼び込むのね」

と頭をガシガシ掻《か》いていた。

佐藤《さとう》と田中《たなか》は、

「今さら仕掛けが、一つ二つ増えたところで驚くかっつの」

「あんまり細かいことは分からんが……みんなで守りゃいい」

と軽く小突《こづ》いたり肩を組んでくれたりした。

思い悩んだ結果は、それだけだった。

雲も空に溶け込むような夕焼け空を遠く眺《なが》めて、悠二《ゆうじ》は気持ちを曖昧《あいまい》な言葉で表す。

「みんなは、哀《あわ》れむんじゃなくて……ただ、今の僕を認めてくれたんだ。それが、哀れみを受けるより、ずっと嬉《うれ》しかった」

「……」

「いつか、シャナは言ったよね。僕が何者でも、真実がどうであっても、それまでと同じで不《ふ》都合《つごう》のないものは惰性《だせい》で流れていく、って」

「……それは」

シャナは数ヶ月前の夜の鍛錬《たんれん》で、悠二への腹立《はらだ》ち紛《まぎ》れに、わざと酷薄《こくはく》に聞こえる言葉で宣告したことを思い出す。思い出して、今さらのように後悔《こうかい》する。

しかし、悠二は彼女の言い様《ざま》を責めているのではなかった。

「たしかに惰性なんだろうね、今の生活は」

空遠くに目をやったまま、静かに穏《おだ》やかに言う。

「でも、全部知って、認めてくれたみんなは――この惰性の日々が終わるときに、シャナが最初思っていた寒々しさとは違う、なにかを僕にくれると思う」

そのなにかを思う少年の横顔に、シャナは見入っていた。

見えるのは、諦《あきら》めでも、悲しみでもなく、喜びでもない。

不思議《ふしぎ》で穏やかな、なにかを奥底に秘めた、横顔だった。

その顔が、急に振り向いて、笑う。

「楽観的、過ぎるかな？」

「――え、あっ!?」

惹《ひ》き付けられていた顔を唐突《とうとつ》に振り向けられて、シャナは慌《あわ》てた。視線をかわすように、ハツキリと鼓動《こどう》を感じる胸へと目を落とし、〝コキュートス〟をいじる振りをする。

「そ、そうなってみないと、分からない」

「だよね、はは」

少年は呑気《のんき》に笑って空を見上げ、

「……」

少女は胸の鼓動《こどう》を悟《さと》られまいと顔を僅《わず》かに伏せた。

「今はとにかく、シャナのためにも、僕自身のためにも、できることをやっておこう、そう開き直れるようになったんだ。実際に役に立てるほどの力はないけど、心構えの方ならちょっとは進歩してる……って自分では思ってるんだけど」

今度は、肯定の答えを欲している問いだった。

「うん」

「む」

シャナとアラストールが、悠二《ゆうじ》の気持ちに応える。

二人の気持ちを、悠二も感じた。感じて、そのことは言及《げんきゅう》しない。すれば、反撃が来ることが分かっていた。だから、口にするのは別のことである。

「今後の課題は、この栞《しおり》に込められた自在式《じざいしき》がどんな種類のものか判別する、って所かな」

「貴様《きさま》の感覚は鋭敏《えいびん》だ。勘所《かんどころ》さえ摑《つか》めば伸びるのは早かろう」

アラストールが珍しく、率直《そっちょく》に誉《ほ》めた。

「そ、そうかな」

悠二としては満更《まんざら》でもない。そうして、

「言葉では説明しにくい、その勘所を掴むために、自在法の構築《こうちく》を一度、貴様も試してみよ」

「うん、自在法の構築を――」

何気なく切り出された勧めに頷《うなず》きかけ、

「――って、ええっ!?」

次の瞬間、心底から驚き叫んでいた。

アラストールの口調《くちょう》は変わらない。

「体験による感得《かんとく》があれば、以降の自在式に対する理解も、より早く深まろう」

「た、たしかに、封絶《ふうぜつ》と修復《しゅうふく》の際に起きる力の流れの把握は、しつこいくらいにやらされてはきたけど……」

夏頃にシャナから、これら初歩的な自在法の習得を勧められて以降、彼は構築に必要なイメージの把握を、反復して行ってきた。具体的には、シャナの自在法行使時に、力がどのような意思の元、どのような流れを持って動いているかを感じる、というものである。

全ての自在法における基礎たる〝存在の力〟の繰《く》りとともに、これは夜中の鍛錬《たんれん》における悠二の主要課題だった。長くて地味な鍛錬を、ようやく結実させるときが来た、といっていい。

(でも、僕がいい……?)

今まで、それを目的に鍛錬してきたとは言っても、いざ許可を貰《もら》ってみると、気後れを感じずにはいられない。自在法をかけられる、その発現の場に居合わせる、という完全な受身の状態から百八十度、自分の立場を変え、自在法《じざいほう》を使う側になる……いわば、人の域を明らかに超える行為に踏み込もうとしているのだから、当然ではあった。

「できる、かな？」

人を超えるというのは、人ではないということではないか……破ってはいけないラインの上に自分がいる……もう無邪気《むじゃき》な憧《あこが》れではすまない……人間としての輪郭《りんかく》を失ってしまうのではないか……染みるように冷たく、負の感情が湧《わ》いてくる。

その手の気持ちに無頓着《むとんちゃく》なシャナは、期待する少女としてではなく、力あるフレイムヘイズとして、〝ミステス〟の少年が迎えた鍛錬《たんれん》の段階について評価を下す。

「できるかな、じゃない。できるかどうかを、まず試してみるの。もう〝存在の力〟の把握と制御だけなら、かなりのレベルになってる」

「そう、かな」

悠二《ゆうじ》は自分の手、ただの人間にしか見えない掌《てのひら》を見つめ、そこに在るややの気負いと大きな恐怖を丸ごと、決意と踏ん切りのつもりで、強く握りなおした。

「分かった。やってみるよ」

シャナは、今度こそ期待する少女として、少年の、僅《わず》かに線が太くなったように思える横顔に向けて言う。

「今夜から、ヴィルヘルミナに実行段階の心得《こころえ》を教えてもらうよう、頼んどくね」

と、その横顔が、とたんに渋い表情になる。

「お手柔《てやわ》らかに、って言っといてよ」

「言ったからとて、その実現は望み薄だな」

アラストールがばっさり切り捨てて、シャナが笑った。

ヴィルヘルミナというのは、シャナの育ての親の一人であり、また自身も強力なフレイムヘイズたる『万条《ばんじょう》の仕手《して》』ヴィルヘルミナ・カルメルのことである。今、彼女はシャナの住む平《ひら》井《い》家に滞在《たいざい》しており、悠二たちの鍛錬を監督《かんとく》していた。

彼女から、教え子として厳《きび》しい指導を受けているだけでなく、シャナとの間柄《あいだがら》についても警《けい》戒《かい》されている悠二は、自分が迎える新たな鍛錬の段階について気を重くする。

「カルメルさんも、せめて母《かあ》さんと話してるときくらいに、柔らかくなってくれないかなあ」

「千草《ちぐさ》と悠二じゃ、違うのは当然」

「不遜《ふそん》にもほどがあるわ、痴《し》れ者め」

揃《そろ》って母・千草との人間としての格の差を断言されて、悠二はさらに渋い顔になった。

「結局、どの段階になっても僕の扱い自体は変わらないのか」

「変わるように、頑張《がんば》ればいい」

シャナの意見はいつも率直《そっちょく》平明である。とても簡単なことのように、とても難しいことを言う。しかし悠二も今では、そんな彼女の心の在《あ》り様《よう》を理解できている。

フレイムヘイズ『炎髪灼眼《えんぱつしやくがん》の討《う》ち手《て》』たる少女が重んじるのは、要するに実行することなのだった。彼女の中では、願い求めることと、そこに向かい進むことが直結している。というより同一のものとして意識されているのである。

(だから、そうできなかったり、やり方が分からなかったりすることが、苦しいのかな)

平穏《へいおん》波乱を掻《か》き混ぜた、この数ヶ月……彼女が何度か、自分に好意を示してきたときのことを、勘違《かんちが》いではないと確信できたときのことを、悠二《ゆうじ》は思い出す。フレイムヘイズとしての使命と、その好意が矛盾《むじゅん》しないか、生真面目《きまじめ》な彼女は常に思い悩んでいるようだった。

(僕っていう、行動の結果をハッキリ示さない奴《やつ》が相手だから、余計《よけい》に、かな)

いい加減《かげん》な気持ちで答えられない、と自分の複雑な立場から愚図《ぐず》っていることに自己嫌悪《けんお》を抱きつつも、つい会話の中で言い訳をしてしまう。

「変わる様《よう》に、か。本人は頑張《がんば》ってるつもりなんだけど」

もちろんシャナは、そんな情《なさ》けない少年を一刀両断《いっとうりょうだん》する。

「つもりじゃ駄目《だめ》。ちゃんと伝わるように姿勢と成果を見せ付けないと」

「それは、難しいかも……」

「どうして」

「いや、その、つまり、ただでさえカルメルさんは、実力外のことで僕を目の敵《かたき》にしてるわけだし。今日のクジの話なんか聞いたら、僕の存在自体が危《あや》うくなるよ」

厳《きび》しく凜々《りり》しい少女の顔が一転、真っ赤になる。口を尖《とが》らせてそっぽを向く。

「うるさいうるさいうるさい。せっかくの『お呼ばれの日』なんだから、ヴィルヘルミナを不《ふ》機嫌《きげん》にさせないでよ!?」

「はいはい。もちろん、自分から酷《ひど》い目に遭《あ》うつもりはないよ」

実際に殺されかけた実感を込めて、悠二は肩を竦《すく》めた。

ヴィルヘルミナが、いろんな秘密の答えを携《たずさ》えてこの街に現れてから二月ほど経《た》つ。

彼女は当初、日常のある場所としての坂井《さかい》家から、手塩にかけて育てた『炎髪灼眼《えんぱつしやくがん》の討《う》ち手《て》』たる少女を露骨《ろこつ》なまでに遠ざけようとしていた。しかし、悠二との騒動軋轢《そうどうあつれき》を経た後、千《ち》草《ぐさ》が寂しがっていることを知るや、すぐ妥協《だきよう》して、その定期的な訪問を許すようになっている（彼女は、千草に対しては気配りを欠かさない）。しかもこの定期訪問の日には、彼女自身も夕飯を呼ばれにやってくる。どうも千草が勧めたらしい。

悠二としては恐ろしい女性に出くわす回数が増えて戦々恐々《きようきよう》。シャナとしては坂井家に遊びに行く機会を再び得て欣喜雀躍《きんきじやくやく》。ヴィルヘルミナも千草へのさまざまな相談、あるいは単に茶飲み話をする時間を有意義《ゆういぎ》なものと捉《とら》えて興味津々《きようみしんしん》。三者三様《さんよう》の複雑な状態となっていた。

と、シャナが、

「悠二」

「なに?」

これからへの願いを込めて笑いかける。

「いつか、ちゃんと仲良くなれたらいいね」

「……うん」

悠二《ゆうじ》は頷《うなず》き、笑い返した。

難しいことだろう、と思いながら。

シャナとの間柄《あいだがら》、という問題だけではない。自分が身の内に秘める『零時迷子《れいじまいご》』、そこに眠るヨーハンと、ヨーハンを探し彷徨《さまよ》うフィレスは、ヴィルヘルミナの命を救った恩人《おんじん》であり、ともに刺客《しかく》から逃れんと世界を巡った友でもあるからだった。

ヴィルヘルミナ・カルメル、フレイムヘイズ『万条の仕手《ばんじょうのして》』は、今でも悩んでいる。

愛するシャナのために悠二という〝ミステス〟を破壊できない、謎《なぞ》の変異《へんい》を果たした『零時《れいじ》迷子《まいご》』をフィレスに見せられない、といってヨーハンをこのまま捨ててもおけない、何もかもが危険と思いに絡んで、容易に解《ほど》ける兆《きざ》しも見えない。

シャナと悠二にとっても、それは同じこと。

どうすればいいのか……行くべき方途《ほうと》は、見上げる宵闇《よいやみ》のように暗い。

それでも二人は、

「頑張《がんば》るよ」

「うん」

一緒に同じ空を見上げる。

どこかで、

新入社員が、

ビールのジョッキを、飲み屋の店員から受け取った。

2　清秋祭前夜

交差点の真ん中で、

交通整理に当たっていた警官が、

自転車を倒した老人を助け起こした。

パレードが御崎《みさき》高校清秋祭《せいしゅうさい》の先駆け、というのは全体の作業にも言えることだった。演目《えんもく》の通達と模擬《もぎ》店の割り振りをもって、清秋祭の準備が本格化するからである。

運営委員会に限っただけでも——模擬店設営《せつえい》に必要な器具の発注、商店街組合との折衝《せっしょう》、商店街と高校を結ぶ道での人員整理の手配、上がって来るイベントプログラムからのタイムスケジュール編成、市側へのパレード許可申請《しんせい》、多種膨大《ぼうだい》な量のビラの印刷、古くなったオブジエや看板《かんばん》のチェックと該当《がいとう》クラブへの修理・製作依頼、各部署の進捗《しんちょく》状況の調査、運営委員の適切な配置等々——一挙《いっきょ》に仕事が湧《わ》き出していた。

運営委員として出向している池速人《いけはやと》などは、配役決定以降の毎日、委員会に呼び出されては諸《しょ》雑務にこき使われていた。

副委員として、その手伝いをしている藤田《ふじた》晴美《はるみ》曰《いわ》く、

「やっぱりって言うか、見込まれちゃったみたいなのよねー。『見学するだけでもいいから、とにかく付き合え』って言われてんのよ」

とのことである。

俄《にわ》かに多忙な日々を迎えることとなった池にとって、ほとんど唯一《ゆいいつ》の休憩《きゅうけい》時間は昼休み、いつもの面子《めんつ》と弁当を食べるときだけだった。

悠二《ゆうじ》がお気楽に、

「今日もなにかあるのか?」

と訊《き》くと、重たげな肩を落として、

「なにかどころか……昨日だって、窓に大文字看板《かんばんは》貼り付けて宣伝のフライングしてる教室があるからって会長と一緒に注意に行かされて、機材が注文した数より少ないってんで組合の人と一緒に業者との交渉にさせられて、今さら出し物変えたいって言ってくる部まで出て、その調整に駆け回らされて……未解決含めずに今日も予定が三つ……」

等、延々愚痴《ぐち》を零《こぼ》す毎日である。

信頼する友人のあまりに憔悴《しょうすい》しきった姿を気の毒に思った吉田《よしだ》が、彼のため昼食に力のつく

おかずを作ってきたときなどは、ハードワークと思い遣《や》りで心の計器の針が大きく振れたのか、ほとんど泣き出さんばかりに感動していた（以降、吉田は彼のためにサンドイッチを毎日、用意してきている）。一年二組が誇るスーパーヒーロー・メガネマンも、今度ばかりは相当に苦労しているらしい。

もっとも、程度の違いこそあれ、一般の生徒も、大忙しの毎日に突入してはいた。

体育館の舞台下から大きな仮設用具が運び出され、自クラスの出し物についての相談、他クラスの催《もよお》しについての評判にさんざめき、グラウンドの端《はし》に見慣れぬ資材が積み上げられ、廊下には委員会から貸し出された暗幕《あんまく》や飾り付けを入れた段ボール箱、教室を広くするために追い出されたロッカーなどが溢《あふ》れ、教室の中も、作りかけのお化《ば》けや衣装《いしょう》がそこかしこに置かれ積まれ……まさに校内は、人と物による混沌《こんとん》の世界と化していた。

授業がまだ通常通り行われている間から、歩く誰もに活力や弾《はず》みが宿り始め、空気には切羽《せっぱ》詰まったような沸《わ》き立つような、動き出さずにいられない雰囲気《ふんいき》が満ちてゆく。

夏の盛りにあったミサゴ祭りとは違って、遊びに行くという気楽な期待だけではなく、当事者として参加する不安を、誰もが感じる。しかしまた、それをスパイスとすることも、『自分たちのお祭り』の喜びとして受け取る。

グラウンドに仮設ステージが組まれると、放課後はリハーサルの時間となった。クラブはそれぞれの模擬《もぎ》店や展示物を学外の道路に広げていった。喫茶《きっさ》店のウェイトレスやお化け屋敷《やしき》のお化《ば》けがそこここをうろつき出した。上級生のいる二階三階にも、特殊教室棟《とう》にも、食堂やクラブハウスにさえ、いつもと同じ風景がない。

学校という空間を形作る、規律のリズムが、格式《かくしき》の形が、日毎《ひごと》にズレてゆく。

そのズレが箍《たが》を外して爆発する、清秋祭《せいしゅうさい》の開催は、明日に迫っていた。

改札口の脇で、

売店の店員が、

くたびれ顔の会社員にスポーツ新聞を渡した。

前日の早朝ともなると、御崎《みさき》高校はその周辺地域も含めて、元の形が分からなくなるほどに様変《さまが》わりしている。装飾《そうしょく》過多《かた》な校舎が静まり返っている様《さま》は、始動の時を待つ巨大な活力のタンク、あるいは火薬庫《かやくこ》のようにも見えた。

「今日も天気いーねえ」

校門を跨《また》いで立つ、極彩色《ごくさいしき》の花やら前衛《ぜんえい》的過ぎる模様《もよう》やらで飾り立てられた入場ゲートが、大通りに向かって大口を開けており、『あと一日!』と朱色《しゅいろ》で大書《たいしょ》された看板《かんばん》が両脇に立って、客の到来を待ち構えていた。

「あー、寝袋《ねぶくろ》って案外《あんがい》寝にくいわ」

「あたしなんか、寝違えて肩痛い」

塀《へい》には看板とポスターが地を隠《かく》すほどに並べ貼《は》られて、なにかがある、という印象《いんしょう》をこれでもかと周囲に見せ付けている。校舎にも数十は垂れ幕が下がって、学校が今年のテーマとして掲げた『明知《めいち》と信実《しんじつ》』の横断幕《おうだんまく》を、単なる一パーツと化さしめている。

「慣れないとこで雑魚《ざこ》寝《ね》だもん、しようがないよ」

「髪まとめとけばよかったー」

「はっはっは、爆発しとりますな。男子が見てなくて良かったじゃん」

グラウンドの仮設ステージは、すでに飾り付けも終了しており、狭い円周部には種々《しゅじゅ》様々な模擬《もぎ》店が軒《のき》を連ねている。その中には、まだベニヤ板の地が露《あらわ》になっている所、場所を指定した札だけが立てられている所など、作業の進み具合の差も見える。

「シャワーの後で、買い出し係を決めないとね」

「通学組にメールうっとこうか？」

「私、すぐ食べたいんだけどー」

「ハイ、買い出し係決定、と」

それら、模擬店や看板の中に通るトンネルのような渡り廊下を、一年二組の女子生徒たちが連れ立って歩いていた。それぞれ体育のジャージ、あるいは自前の動きやすい軽装で、着替えの袋を提《さ》げている。寝起きということで、みな眠たげに緩んだ面持《おもも》ちをしていた。

「私、行ってもいいよ。部の先輩《せんぱい》にもいろいろ頼まれてるし」

「お、偉いオガちゃん。ちゃんとメモ取らないとね」

「私も行く」

「へえっ、シャナちゃんも？」

「自分のをいっぱい買いたいから。一人に持たせられない」

御崎《みさき》高校は、清秋祭《せいしゅうさい》前日である金曜日の授業を休講にしている。朝夕の出欠だけ取って（やっつけのサボり防止策で、実態はザル同前だが）、あとは全日、祭りの準備に当てる慣例《かんれい》だった。数日前からは泊り込みも許可されており、駆け込み作業や練習に明け暮れる者で、校内は不夜城《ふやじょう》の様相《ようそう》を呈《てい》していた。

一年二組は、作業の進捗《しんちょく》が他と比べて比較的順調であったため、組《くみ》主体での泊り込みは、ほとんどそれ自体をイベントにした、昨日からの一泊のみである。今日中に作業を仕上げて夕方には解散、ゆっくり休んで翌日《よくじつ》からの清秋祭本番《ほんばん》に備える、ということも決まっていた。

「あはは、そういやそうか」

「んじゃ、オガちゃんとシャナちゃんで行ってもらいましょ」

「え、と……私も行こうか？」

「一美《かずみ》はいいよ。昨日の晩にシチュー、ゴチソーになっちゃったし」

「そーそ、今日は食べる側でいいって」

泊り込みに慣れた部活関係者や上級生には、模擬《もぎ》店用の鍋釜《なべかま》コンロで自炊《じすい》する者もおり、運営委員はそのための防火係まで設けている。

また、泊り込みする生徒に向けて、シャワー室も開放されていた。開いているのは朝六時からで、三十分毎に入浴する学年と性別が入れ替わる。

午前六時から六時半は一年生女子のための時間だったが、彼女らの他にシャワー室に向かう者の姿はない。大概《たいがい》の生徒は、泊り込みというイベントに夢中《むちゅう》となって、夜更《よふ》かしするのが常だからである。

彼女らがこんな早朝に起きたのは、単にシャナが日課である入浴のため起床したのに釣《つ》られたからであるのと、なにより『学校で早朝にシャワーを浴びる』という非日常的行為《こうい》に興味をそそられたからだった。

「そういや、男子は一人も見なかったね」

「まだ寝てんでしょ。昨日《きのう》夜遅くまで騒いでたみたいだし」

「あとで臭《くさ》いって言ってやろー」

昨晩はシャワーを浴びていなかった者もいて、泊り込みに参加した二組の女子全員、および二組の教室で一緒に寝た一組の女子（男子は一組の教室で寝ている）数名も混じっての大所帯《おお》による入浴である。

「いない方がいーじゃん。覗《のぞ》かれる心配も無いでしょ」

「中に潜《ひそ》んでたりして、ふふふ」

「各人、まず警戒《けいかい》に当たるべし！」

「リョーカイです、緒方《おがた》キョーカン！」

渡り廊下の突き当たりが、シャワー室である。

以前は外側からしか鍵《かぎ》をかけられなかったシャワー室の扉も、清秋祭《せいしゅうさい》を前に丸ごと新品に取り替えられて、入浴中、外に見張りを立てる必要もなくなっていた（某《ぼう》クラス委員の申請《しんせい》によるものらしい）。その真新しい扉には、以前から使われている古い掲示板がぶら下がっている。チョークで『06：00～06：30　一年女子』という汚い文字での殴《なぐ》り書きがあった。

「ほいじゃま、今日も一日、頑張《がんば》りましょー」

「それ、シャワー前に言う台詞《せりふ》？」

騒いで笑って、彼女らは扉を開ける。

駅のホームで、

スポーツ新聞を広げていた会社員が、

大学生とぶつかった。

湯気《ゆげ》の中でも、少女らの会話は途切《とぎ》れない。

「朝ブロって気持ちぃー」

「なんかオヤジ臭《くさ》い言い方」

「あー、いよいよ明日か」

「何回目よ、それ」

クラブハウスのシャワー室は収容人数を増やすためか、個室で区切った作りでなく、全員がズラズラ横に並んで温水を浴びる開放型である。

まるで市民プールだという単純な文句から、吉田《よしだ》のような恥ずかしがり屋の抗議、温度調節《ちょう》節《せつ》のノブがシャワー数個ごとに一つしかないという機能上の苦情まで、学校側には改修《かいしゅう》の要望が数多《あまた》出されているはずだったが、さすがに設備丸ごととなると、扉のように簡単には取り替えられない。当面は年季《ねんき》ものを騙《だま》し騙し使っていくしかなかった。

シャワーの落ちて弾《はじ》ける響《ひび》きの中で、やはりというか吉田はからかわれる。

「おお、夏からさらに大きく育ってますね、ヨシダくん？」

「そ、そんなこと……」

温水の流れゆく彼女のボディラインは、同性も羨《うらや》む起伏に富んでいる。上気したきめ細やかな肌《はだ》が、恥じらい縮こまる仕草《しぐさ》と相俟《あいま》って、なんとも扇情《せんじょう》的だった。

「隠《かく》さなくてもいいでしょーが、ふふふ」

こういうときだけは活《い》き活きとして見える中村公子《なかむらきみこ》が、わきわきと手を蠢《うごめ》かせて、弄《いじ》り甲斐《がい》のある獲物《えもの》に迫る。

「ふ、藤田《ふじた》さん、助けて」

「ごめーん、今、メガネないのよー」

「観念《かんねん》せい、うりゃ！」

「ひゃあっ!?」

逃げようとした後ろから胸を鷲掴《わしづか》みにされて、吉田《よしだ》は頓狂《とんきょう》な悲鳴を上げた。

やがて、周りともども程《ほど》よく騒いだところで、誰かが中村の頭をタオルで叩《たた》いて、半泣きの吉田を助ける。中村が謝って、吉田が許し、皆が笑う。

場所を変えただけの、教室での遣《や》り取《と》りと同じ光景だった。

その声を聞きつつ、シャナはお湯をかぶる感触《かんしょく》に遊ぶ。

「……」

フレイムヘイズの力による『清めの炎《ほのお》』──機能としての完全な消毒と洗浄《せんじょう》──ではない非効率な行為は、彼女にとって『気持ちいい』という感触を得るための遊びだった。

その遊びの一環《いっかん》、お湯を染み渡らせるようにスポンジで体を擦《こす》る中、

「でもさ、公子《きみこ》じゃないけど、ホントおっきいよね」

「うらやましー」

「こーら、いい加減《かげん》にしなさい」

ふと、クラスメイトらの声から、自分の体型について意識する。

全体に凹凸《おうとつ》が無い、体軀《たいく》。

フレイムヘイズの身体《しんたい》能力は、いかに上手《うま》く〝存在の力〟を繰《く》ることができるか、という一点にかかっており、人間だったときの年齢《ねんれい》や体格は関係ない。現に、彼女以上に幼い外見を持つ『儀装《ぎそう》の駆《か》り手《て》』カムシンなどは、人間形態でも無双《むそう》の怪力《かいりき》を誇っている。

ゆえにシャナは、これまで自分の体型に劣等《れっとう》感など抱いたことはなかった。むしろ小柄《こがら》である方が、小回りも利いて敵の懐《ふところ》に入りやすい、とさえ考えていた。

しかし彼女は、この街で人間と長く共同生活を送る内に、どうも男性は各部が大きく成熟《せいじゅく》した女性を、女性は背丈《せたけ》が高く機能的である男性を好む傾向にあることを知った（顔面にもなにか要因があるらしかったが、その点は未だよく分からない）。

（やっぱり悠二《ゆうじ》も、未熟《みじゅく》な体型は嫌いなのかな）

そう思うと、胸の奥が、息の詰まるほどに重くなる。

悠二が、男性の好む傾向にある体型の吉田《よしだ》に目を奪われていた事例は、枚挙《まいきょ》に暇《いとま》がない。そ

うと気付いてからのカウントなので、実際はもっと多いはずだった。

（もし、私が人間だったら……）

これからの成長次第《しだい》で、その差を埋めることもできたろう、と思う。

しかし、事実として、人間ではない。この身は既に、人間として在った全て、在るはずだった未来や可能性の全てを〝紅世《ぐぜ》の王〟に捧《ささ》げた、力の器である。これ以上がない、これ以外がないという、一つの形でしかなかった。

悠二に出会う前の自分なら、馬鹿馬鹿しい仮定、無意味な妄想《もうそう》、と即座《そくざ》に否定できたはずの、これらの想い……使命以外のことに恋々《れんれん》とする気持ちを、今は切り捨てることができない。この街で暮らし始めてから、割り切れず答えの出ないことが増えすぎていた。

（フレイムヘイズとして〝徒《ともがら》〟を討滅《とうめつ》する……その使命のことだけを考えてればよかったはずなのに）

目の前を塞《ふさ》いだ前髪を払って、髪をワシワシと乱暴に掻《か》き混ぜる。まるで、混乱する頭を刺《し》激《げき》するように。

（なんだか、分からなくなってきた）

使命以外を切り捨てるという選択は、本当に正しいのか。

思い悩んでいる現状自体が、果たして許されるものなのか。

以前は持っていたはずの、惑《まど》いの一切ない確信が薄くぼやけて、答えが見えない。悩みの根に、心の奥深くまでを侵食されているような気分だった。

(私は、フレイムへイズとして間違ってるのかな)

ヴィルヘルミナなら、確実に間違っていると言うだろう。しかし、その彼女自身は、感情に大きく揺れて、他者への想いを力にして生きている。

マージョリー・ドーなら、分かった風《ふう》なことを言って人を煙《けむ》に巻くだろう。もっと常々、彼女の話を真剣に聞いておくべきだったろうか、と思う。

カムシンなら、なんらかの割り切った、正しい一言を吐くだろう。しかし、あの老爺《ろうや》はなぜか他人を簡単に否定しないので、答えを想像できない。

他の、これまでに出会ったフレイムへイズたち――お喋《しゃべ》り男に爆弾《ばくだん》女、乱暴《らんぼう》絵描きに弾《ひ》き語り、偏執《へんしつ》狂に肝っ玉母《ムッタークラージェ》さん――にも、今になって考えてみれば、使命だけに生きている、という者は一人もいなかった。ヴィルヘルミナやマージョリーのように、一見《いっけん》使命一筋《ひとすじ》と見えて、実は秘めたる感情や趣向《しゅこう》こそが本当の戦う理由、という者ばかりだった。

(だから、だったのかな)

髪が目の前に張り付いて影になる、その中にかつて出会った討《う》ち手《て》らの表情が過《よ》ぎる。

持てる大太刀《おおだち》の銘《めい》を名乗るのみという自分を見つめていた、不思議《ふしぎ》そうな顔、顔、顔。

あの、戸惑《とまど》いとも驚きとも見える表情の意味が、ようやく理解できたような気がした。

彼らは皆、フレイムへイズ以外を持っていた……否、むしろそっちこそが、自己の主体だったのではないか。その主体に、フレイムヘイズという力が加わっていたのではないか。だとししたらら、その主体を丸々《まるまる》欠落させたただのフレイムヘイズは、彼らには、さぞかし珍妙《ちんみょう》な存在として映っていたことだろう。

（別に、不満があるわけじゃないけど）

それでも自分はこの街に来るまで、坂井悠二《さかいゆうじ》と出会うまで、他者との差異《さい》など気に留めなかった。気付いたことがあっても、自分は自分と割り切っていた。心身の全てが、フレイムヘイズの使命と完全に重なっていたからである。

それが最近、ブレつつあるのを、今この瞬間にも感じている。

数ヶ月だったろうか、同じく吉田《よしだ》とシャワーを浴びたときには、体型の違いについて、よく分からない、どうでもいい、と思っていた。深く考えることもなく、すぐに確固たる自分に戻っていた。

しかし今では、とても気になっている。

悠二という媒介《ばいかい》を経て、自分との違いを持つ他者が、気になって仕様《しよう》がない。この温水を滝のように流し落とす、未熟《みじゅく》で痩《や》せっぽちな体型を、彼はどう見ているのだろう。

それが、とてもとても、気になっている。

（もっと、あちこち余計《よけい》な脂肪《しぼう》が付かないとダメなのかな？）

心の中で、初めて見る入り口と行き逢《あ》ったような気分だった。どこまでも深く、自分の在《あ》り様《よう》すら揺るがすほど深くまで、それは続いている。見たこともない、感じたこともない、常の自分とは違うなにかが、その奥底に在るように感じられる。

(……私も、フレイムヘイズ以外を、得ようとしてる……?)

考えたことも欲したこともない事態だった。

自分のなにかが、変わったような気がする。

しかし、それは決して悪いことでは、ない。

なぜか、そう思えた。そう、思いたかった。

(ヴィルヘルミナは、許してくれないかな)

思うが、そもそも彼女自身が、戦友たる一人の女性との誓《ちか》いの元で自分を育てている。

その誓いのために『完全なるフレイムヘイズ』を、それ以外を持たない存在『炎髪灼眼《えんぱつしやくがん》の討《う》ち手《て》』を、守ろうとした。それ以外、坂井悠二《さかいゆうじ》という少年を切り捨てさせることで。

皮肉《ひにく》なことに、自分を愛してくれている彼女が、憎まれることを承知《しようち》で悠二を排除する行動に出た——そのことが、『誓う心』という、フレイムヘイズ以外のものの大きさと強さを教えてくれたのだった。

(あっ)

ヴィルヘルミナが誓ったという、一人の女性のことを思った途端《とたん》、

(そうだ)

全く今さらのように気付いた。

自分の煩悶《はんもん》に答えをくれる人物（？）が、最も近くにいたのではないか、と。

誰よりも純粋に使命のために生き、結果、最愛の女性を失った、一人の男が。

温水《おんすい》流れ落ちる自分の平坦《へいたん》な胸を見て、思う。

（訊《き》いてみよう……今なら、分かるかもしれない）

決意を表すように勢いよく髪を掻《か》き上げて、シャナは浴場から出た。溝《みぞ》一つだけで区切られたフローリング敷きの端《はし》、脱衣所に置かれた籠《かご》から、自分のタオルを手に取る。

と、そこに、

「あ、あの～」

「？」

振り向くと、バスタオルを体に巻いた見慣れない少女が二人、やや畏《かしこ》まって立っていた。

その片方、ショートの少女が、目に入りそうな前髪を気にしながら言う。

「平井《ひらい》さん、ですよね？」

「うん」

簡単に答えてから、シャナは彼女らが、ともにシャワーを浴びに来た一年一組の女子生徒であることを思い出した。

もう一人、背の高いロングの少女が、少し固い笑顔で切り出す。

「私、浅沼稲穂《あさぬまいなほ》っての。こんなときでなんだけど、一度ちゃんと、お礼が言いたかったんだ」

「お礼？」

シャナにはなんのことか分からない。

浅沼が、ショートを肘《ひじ》で突いた。

「あ、えと」

よろけてから、ようやく言う。

「私、西尾広子《にしおひろこ》、っていいます。あの、仮装パレードに使う生地《きじ》、たくさん分けてくれて、どうもありがとう」

「おかげで、ウチの『赤ずきん』も、なんとか新調《しんちょう》が間に合いそうなんだ。ホント、助かったわ。ありがとうね」

浅沼が笑って付け足した。

シャナはようやく得心《とくしん》する。

「ああ、あれ」

パレードの衣装《いしょう》は普段、演劇部の備品として倉庫に山積みされている。演目《えんもく》の決定に伴い、一年生各クラスは該当《がいとう》する衣装を受け取ったのだが、総数が多いために、その手入れはかなりいい加減《かげん》だった。虫食い、解《ほつ》れ、破れから色褪《いろあ》せまで……よく使われる物もそれ以外も、演劇部だけでは修繕《しゅうぜん》しきれない、文字通りの綻《ほころ》びが多数あった。

一年二組が受け取った衣装の片方、『ロミオとジュリエット』は、他の演目にも流用できるため（というより、この二つは演劇部内で『王子と王女』の衣装として扱われていた）、特に酷使《こくし》されてボロボロだった。

逆に、もう片方の『オズの魔法使《まほう》い』は、衣装としてはライオンと犬の着ぐるみがある程度で、他は着古したワンピースや部品の破片等《など》のガラクタが詰め込んであるだけだった。

要するに、両方とも使い物にならなかったのである。

この、せっかくの晴れ舞台に、しかもベスト仮装賞を狙える面子《めんつ》が揃《そろ》っていながらのハプニングに、まず女子が発奮《はっぷん》した。演劇部と手芸部に所属していた子らを筆頭《ひっとう》に、ほとんど新調するつもりで衣装を作り直すと決めたのだった。男子は衣装というより仮装の方、具体的にはカカシやブリキの木こりの製作にかかった。こっちはほとんど工作である。

シャナは一連の作業の中で、衣装の生地調達に一役買っていた。具体的には、いきなり上質の布を、しかも種々《しゅじゅ》大量に持ってきたのである。もっともこれは、親切心からそうしようと動いたわけではなく、成り行きの結果だった。

ボロボロの衣装を受け取った日の夕食時、彼女がヴィルヘルミナに、清秋祭《せいしゅうさい》という学校の特別な行事や、パレードの衣装についての惨状《さんじょう》を話したところ、元・養育係たる女性は、なにをどう勘違《かんちが》いしたのか、

「任せるであります」

の一言とともに早速《さっそく》、全員の衣装《いしょう》を作ろうと動き始めたのだった。慌《あわ》てて『自分たちで作るお祭りだから』と止め（この判断を、後で悠二《ゆうじ》に誉《ほ》められて鼻《はな》高々になった）、そうして残されたのが大量の生地《きじ》、というわけである。

ヴィルヘルミナの張り切り具合を示すように、生地は巻きの単位で多種類揃《そろ》えて購入されていた。当然、一年二組だけで使い切って終わるような量ではない。

そこで、演劇部所属《しょぞく》のクラスメイトが、余った布生地を他の、衣装の修繕《しゅうぜん》を必要とするクラスに供与してはどうか、と提案したのだった。シャナにも否やのあるはずがなく、結果、今年のパレード準備作業は、布だけには困らない、という状態となった。

その恩恵《おんけい》を受けた一つが、一年一組というわけである。

「なんせウチの演目《えんもく》、『赤ずきん』なのに、肝心《かんじん》の頭巾《ずきん》が色落ちしちゃってたのよ。これじゃ紫《むらさき》ずきんだ、ってとこに新品の真っ赤な布がもらえて、本当にありがたかったわけ。ね、赤ずきんちゃん？」

浅沼《あさぬま》が、隣《となり》の頭をポンポン叩《たた》いて言った。

もう、と西尾《にしお》がその手を払う。

「とにかく助かりました。一組みんな、感謝してます」

言って、ぺこりと頭を下げた。

シャナは表情を隠《かく》すようにバスタオルを頭から被《かぶ》る。髪を拭《ふ》く、その陰から、

「別に、私の功績じゃない。生地を用意したのは、ヴィルヘルミナだから」

と躊躇《ためら》いがちに答えた。

（もし、フレイムヘイズしかないときの私だったら）

今のように、平明《へいめい》な事実を伝えた、この時点で言葉を切ってしまっていたのではないか、そこに悠二が慌ててフォローを入れて、ようやく会話が成立していたのではないか、と思う。

（でも、今の私は……それだけじゃ、ない）

思って、言葉を継ぐ。

「お礼は伝えとく。たぶん、喜ぶと思う」

口調《くちょう》自体は大いにぶっきら棒ではあったものの、幸い浅沼と西尾の方は、あまり気にしていないようだった。

どころか浅沼は、その飾らない言葉や態度に好感を抱いたらしく、笑顔で返す。

「へえ、外国人の家政婦さんがいるって噂《うわさ》、本当だったんだ」

「じゃあ、そのヴィル……えーと、家政婦さんにも、宜《よろ》しく伝えてください」

言って、また西尾はぺこりと頭を下げた。

「ん――」

会話を始めこそしたものの、そもそも応対のキャパシティに乏しいシャナの言葉は、早くも尽きる。困った彼女は曖昧《あいまい》に頷《うなず》きかけて、

「シャーナ、ちゃん！」

「ッ、ひやわっ!?」

後ろから両の胸を、妙《みょう》な指使いで押さえつけられて飛び上がった。

中村《なかむら》が細い肩に顎《あご》を載せて言う。

「いつまでも素《す》っ裸《ぱだか》だと風邪《かぜ》ひいちゃうよー」

湯気《ゆげ》の中、一斉《いっせい》に湧《わ》いた笑いには、もう硬さも遠慮《えんりょ》もなかった。

ファーストフード店のカウンターで、
空腹の大学生が、
店員からトレイを受け取った。

清秋祭《せいしゅうさい》に備えた最後の一日は、瞬《また》く間に過ぎてゆく。

池速人《いけはやと》は相変わらず運営委員会に便利使いされて、ほとんどクラスにも帰れないほど校内を駆けずり回っていた。この日、戻ってきたのは、休憩を兼ねたパレード用衣装《いしょう》のサイズ合わせのときだけである。疲労困憊《こんぱい》の体《てい》で廊下に敷かれたダンボールに寝転《ねころ》がって曰《いわ》く、

「泊り込み四日連続は労働基準法違反《いはん》だろ……」

そのため、本来彼が行うはずだった教室での研究発表の展示全般は、頭脳明晰《ずのうめいせき》のシャナに委《ゆだ》ねられた。元々、全員が提出した資料を中心になって纏《まと》めたのも彼女だったので、作業は展示を見やすくする相談程度で済んだ。作業の最中、パンフレットの取材に答えて曰《いわ》く、

「文句を言わせない程度には情報も揃《そろ》った」

吉田《よしだ》一美《かずみ》は準備期間中、パレードの衣装《いしょう》を女子生徒らと一緒になって作り直していた。彼女は当然のこととして、シャナの着るドロシーの衣装製作にも最善を尽くしている。それら、着ぐるみ含め衣装全てがようやく仕上がった感想を求められて曰く、

「ちょっと派手《はで》、かも……?」

常にどこかで起きる肉体労働に差し向けられたのは、佐藤啓作《さとうけいさく》と田中栄太《たなかえいた》を始めとする男子生徒たちだった。彼らは衣装作りも、一部の工作《こうさく》程度しか協力できなかったので、代わりに飾り付けや学校のイベント作りに奔走《ほんそう》した。二人してお祭り騒ぎにはしゃいで曰く、

「祭りの前の空気って、たまんねー」

「なんつーか、体動かしたい気分になるわな」

緒方《おがた》真竹《またけ》はバレー部員として、公開試合に備えた練習と部の模擬《もぎ》店、双方の準備に忙殺《ぼうさつ》されていた。当日のパレードと公開試合、その後の自由時間（試合に出る選手は模擬店の手伝いを免除《めんじょ》される）など、彼女は楽しみの最も多い生徒の一人である。意気込みを訊《き》かれて曰く、

「まあ、見てなさいって！」

坂井《さかい》悠二《ゆうじ》は、どういうわけか一年二組の模擬店、クレープ屋の設置《せっち》を主導《しゅどう》していた。運営委員会から配給された資材からの下手《へた》な大工《だいく》仕事、飾り付けや材料の受け渡し等々。周りに埋もれたり埋もれなかったりしながら、なんとか万端《ばんたん》、整え終わって曰く、

「パレードの後で、調理の練習もしないとなあ」

彼らだけではない。

生徒の誰もが、それぞれの場所で、学校という見慣れた光景を塗り替え、学校生活という見飽きた日常を突き破り、自分たちの世界を作り上げてゆく。

ファーストフード店のフロア内で、

店員が、

小さな女の子にサービス品のオマケを手渡した。

御崎《みさき》高校清秋祭《せいしゅうさい》に、前夜祭と後夜《こうや》祭はない。

この手のイベントに多い、締めのファイヤーストーム等、火を使う催《もよお》しは、高校が住宅地の

ど真ん中にあるという立地条件から、危険とのことで禁止されていた。

また、夜通し騒げるのは一日目だけ、という厳《きび》しい縛《しば》りもある。会場が学校周辺地域《ちいき》まで広がっているということもあって、この決まりは治安上の都合《つごう》からも絶対だった。

もちろん生徒たちは、制限の中で全開に騒ぐつもりなのだが。

その待ちに待った本番を翌日《よくじつ》に控えた一年二組の面々《めんめん》は、概《おおむ》ね予定通りに、開会パレード、教室の研究発表、模擬《もぎ》店の設置という三つの準備作業を終え、夕刻をもって解散した。

部活無所属の者は、明日に備えて帰宅の途につく。パレードに参加する『クラス代表』が約一名、運営委員会に拘束《こうそく》されていたが、これもある意味予定通りではあった。

「じゃ、明日！」「夜更《よふ》かしすんな」「そっちこそ」「ガンバローね」「ほいほい」「明日、ちゃんと見ててよ！」「分かってるって」「さいならー」「クレープ、売れりゃいいけどなー」

クラスメイトらは口々に言い合い声を交わし、未だ作業の終わらない他のクラスや、明らかに怠慢《たいまん》の結果である模擬店組み立ての光景などを横に、僅《わず》かな優越感と大きな惜《くや》しさを感じて、それぞれの方途《ほうと》に散ってゆく。

悠二《ゆうじ》ら、いつもの面子《めんつ》（一名除く）も今日はすぐに別れた。

なにしろ彼らは皆、初日の主役・開会パレードに参加する身である。皆それなりに緊張《きんちょう》していた。最初の別れに際して、

「大丈夫、でしょうか……」

というライバルにして友達たる吉田《よしだ》の不安感を、

「歩くだけなんだから、なにも問題ない」

シャナが、あっさり答えることで吹き飛ばした。

佐藤《さとう》と田中《たなか》も、彼らなりの悩みを口にして去る。

「さーて、明日どうやってマージョリーさんに来てもらうか、考えないと」

「オガちゃんも、いちおう誘ってみたとは言ってたけどな」

そして最後、今日は定期訪問の日ではないため、一旦《いったん》別れざるを得ない悠二が、

「それじゃや。今夜、頑張《がんば》るよ」

と言い置いて帰り、シャナは一人になった。

「……」

日も暮れた、深い藍色《あいいろ》の空の下、フレイムヘイズの少女は無言で歩く。

悠二が別れ際に言ったことを思う。

清秋祭《せいしゅうさい》の準備期間——といっても泊りがけをした昨日《きのう》一日のみではあるが——ヴィルヘルミナは、シャナと悠二が毎早朝と深夜に行うこととなっている鍛錬《たんれん》の休止を許可していた。

彼女は今、フレイムヘイズらの情報交換・支援施設である外界宿《アウトロー》から、全世界における〝紅世《ぐぜ》の徒《ともがら》〟個々、あるいは組織の、ここしばらくの動静を記した膨大《ぼうだい》な書類を取り寄せ、精査《せいさ》と分析《ぶんせき》を行っていたのだった。

清秋祭《せいしゅうさい》と重なったのはたまたまで、シャナを人間としての生活の中で甘やかすためでは決してない、と一応の言い訳もしている。他方で悠二《ゆうじ》には相変わらず厳《きび》しく、この一日の休みの間に宿題なども出していた。

（――「今まで教え込んだ封絶《ふうぜつ》のイメージを反復して思い描き続けること。翌晩《よくばん》、実際に封絶を構成できるかどうか、試験を行うのであります」――）

つまり今夜、悠二はここしばらく取り組んでいた課題である自在法《じざいほう》の行使に挑《いど》むこととなっていたのだった。失敗しても特に罰則などはない（はずだ）が、シャナは緊張《きんちょう》を隠《かく》せない。

彼がとうとうフレイムへイズの側への一歩を踏み出す、確実に人間と一線を画す、在《あ》り得《え》ない事象《じしょう》を自らの意思を持って発現させる、これは重大事と言えたからである。

シャナは、期される少年の革新を、

（悠二が、私の傍《そば》に近付く）

行為である、と捉《とら》えていた。

ゆえに、失敗を恐れていた。

あるいは、悠二本人よりも。

ふと、心配げな声を漏らす。

「悠二、ちゃんとできるかな」

胸元の〝コキュートス〟から、アラストールが答えた。

「できるかどうかではない、と、いつかおまえ自身が言ったのではなかったか」

「うん。そう、だけど……」

頷《うなず》いて、しばらく歩いてから、もう一度、口を開く。

「……ねえ、アラストール」

「？」

その声色《こわいろ》は、さっきのものとは違っていた。なにか、非常に曖昧《あいまい》な響《ひび》きのある、迷いの揺らぎが透けて見えるような、シャナらしくない声だった。

「なんだ」

とりあえずアラストールは訊《き》いてみたが、

「ん……」

シャナは口元をムニャムニャと動かすだけで、明確な感情を見せようとしない。

アラストールは怪訝《けげん》に思った。既視《きし》感はあったが、どこで見たか思い出せない。

その気配を感じたのだろう、シャナは頰《ほお》を袖口《そでぐち》で擦《こす》って、無理矢理《むりやり》に表情を消した。再び問われる前に、静かに語り合える場所に行こうと、急な跳躍《ちょうやく》を行う。

「──はっ！」

路面から電柱の頂、さらに民家の屋根を次々と蹴《け》り、きれいな放物線を描いて、フレイムヘイズの少女は周囲よりやや高いマンションの屋上へと降り立った。眼下と言うには近いそこから、黄昏《たそがれ》に沈む御崎《みさき》市西部、住宅地の広く大きな姿を見渡す。

人と人が暮らしている証《あかし》、窓の明かりが地上に満ちている。

その、賑《にぎ》やかなようにも寂しいようにも思える明かりを受ける孤影《こえい》の中、

「ねえ、アラストール」

同じ言葉が、もう一度零《こぼ》れる。

アラストールは、そこにようやく明確な感情を見つけた。

躊躇《ためら》い、そして恥じらいである。

普段なら、そう、坂井千草《さかいちぐさ》に見せている表情だった。

それを、どうして自分に向けているのか……なぜか、嫌な予感はしなかった。もう一度、少女が話しやすいよう、僅《わず》かに語気を和らげて、訊《き》く。

「なんだ」

「……」

見た目にも明らかな、躊躇いと恥じらいの葛藤《かっとう》があった。

が、やがてシャナは意を決したように〝コキュートス〟を手に取り、目線を彼方《かなた》にやったまま、ゆっくりと真摯《しんし》な問いを紡《つむ》ぐ。

「フレイムヘイズは、人を好きになっちゃいけないの？」

「……！」

　アラストールは驚いて、しかし動揺《どうよう》がない自分の心を、奇妙《きみょう》に感じた。

　僅かに間を置いて、

「そう、か」

　深く深く、溜《た》め息を吐《つ》くように、答えていた。諦観《ていかん》のような、納得《なっとく》のような、全く奇妙な気持ちが、彼の心を満たしていた。

　シャナは、フレイムヘイズ以外を得ようとしている少女は、さらに続ける。

「アラストールは、私の前のフレイムヘイズのことが、好きだったんだよね？」

　今度は、さすがに動揺した。

　少女は『好き』という言葉を、一段深い意味を理解して、使っている。

　それが明確に伝わってきた。

「私の前のフレイムヘイズも、アラストールのことが、好きだったんだよね？」

「言った、覚えは、ないが」

　ようやく、それだけを言った。

　否定はしなかった。声色《こわいろ》が、問いではなく、確認だったからである。『好き』という言葉を一段深く理解して使い、確認してきたことで、既に答えは出ているようなものだった。

　案《あん》の定《じょう》、シャナは言う。

「うん。でも……」

「分かったのか」

「……」

頷《うなず》かれたアラストールは、奇妙《きみよう》な気持ちの正体に、ようやく気付いた。

それはつまり、観念、というものだった。

少女の心の成長を、遂《つい》に受け入れざるを得ない事態に至ったのである。

赤子《あかご》の頃から手塩にかけ育て上げた、時の精粋《せいすい》たる娘。

契約に際して己《おの》が在《あ》り様《よう》を見せつけた、微塵《みじん》の迷いもない『偉大なる者』。

歩き始めた直後に、伝説の化《ば》け物《もの》と[とむらいの鐘《トーテン・グロツケ》]の片翼《かたよく》を倒した強者《つわもの》。

心乱さず、ただ使命を果たす『炎髪灼眼《えんぱつしやくがん》の討《う》ち手《て》』として渡り歩いた日々。

夕暮れの中、ほんの偶然から起きた、〝ミステス〟の少年との邂逅《かいこう》。

少年への心の揺れに苦悩し抜いた末の和解、そして戦いの中で得た飛翔《ひしよう》。

口付けの意味を坂井千草《さかいちぐさ》から聞いた戸惑《とまど》い、敵との対話の中で感じた強い結びつき。

人間の少女との角逐《かくちく》、それが齎《もたら》す激しい動揺《どうよう》と、涙。

想いを明確に自覚し始め、想いを少年に届けることを知った喜び。

養育係たる女性の理不尽《りふじん》に反抗し、自らの意志で立つことを示した姿。

他にも、事件に事故、日々の喜び……認めたり認めなかったり、強いて無視し、千草に諭《さと》され、驚いて呆《あき》れて……全てが過ぎて、今に至った。

（奥方《おくがた》の言った通り、女の子というものは、思わぬ早さで成長する）

つい、父親の如《ごと》き愚痴《ぐち》を胸の内で漏らしてしまう、〝紅世《ぐぜ》〟の魔神《まじん》だった。

その彼に、

「それは、いけないことだったの？」

シャナは、アラストールのことを問い、

「フレイムヘイズとして、それは、いけないことなの？」

続いて、今在る自分自身のことを問う。

一旦《いったん》迷うふりを、己に向かって、一人の女性に向かって見せてから、

「いや」

〝紅世《ぐぜ》〟の魔神は、一人の女を愛した一人の男として、はっきりと答えた。

「それは何事《なにごと》にも阻《はば》めぬ。何人《なんぴと》にも否《いな》めぬ」

シャナは答えを受け止めるべく、耳を傾ける。

アラストールは、最早《もはや》今という時に、なにを隠《かく》すつもりもなかった。

明確に、誤解《ごかい》しようのない言葉で、告げる。

「フレイムヘイズも、人を愛する」

「……！」

シャナの顔が、明るく輝いた。

それは最早《もはや》、あどけない子供の無邪気《むじゃき》な輝きではなかった。

己《おの》が抱く感情の意味を理解し始めた、恋する少女の輝きだった。

「だが、シャナ」

与えた答えによって暴走しないよう、アラストールは釘《くぎ》を刺す。

「我らの……愛は」

いったいどれほど口にしなかった言葉か、と思い、しかし気持ちの揺るがず朽《く》ちない在《あ》り様《よう》を確と感じて、続ける。

「通常の交流の内にできたものではない。互いの気付かぬ間に忽然《こつぜん》と成就《じょうじゅ》していた、双方《そうほう》の完全なる許容と理解、安らぎと愛《いと》おしさだ。おまえの参考にはなるまい」

「……？」

まだ理解の端緒《たんしょ》に着いたばかりのシャナは、分からないという顔をした。

その姿に、アラストールは僅《わず》か安堵《あんど》を覚える。

「今のおまえは、坂井《さかい》悠二《ゆうじ》を、どれほどに許せる？　どれほどに知っている？」

「……」

そう言われてしまうと、急に自信を失ってしまうシャナだった。悠二が吉田《よしだ》とくっついていることは許せない。悠二のことは、知らないわけではないが、分からないことの方が多い。完全などには程《ほど》遠かった。そもそも、『双方の』という点が、一番おぼつかない。

（悠二は、私のことを、どう思っている？）

完全どころか、片方が真っ暗で見えないような自分に、アラストールのような……『愛』はあまりにレベルが高すぎて、確かに参考になどならなかった。

「ゆえに、シャナよ。我にはこれ以上、訊《き》いてくれるな。我は完成されたものにしか、助言ができぬのだ。訊くのならば、心の醸成《じょうせい》に長《た》けているだろう、奥方《おくがた》を恃《たの》むがいい」

「いい、の？」

躊躇《ためら》いを残す声に、確たる答えは返る。

「今、我に与えられる答えは、既に言った一つきりだからな」

「……うん」

アラストールは、再び言い切る。

「もう一度言う。フレイムヘイズも、人を愛する。何事《なにごと》にも阻《はば》めぬ。何人《なんぴと》にも否《いな》めぬ」

「うん」

シャナも、はっきり答え、しっかり頷《うなず》く。その漆黒《しっこく》の双眸《そうぼう》は、遠く明かりの中にあるだろう少年へと、真摯《しんし》に向けられていた。

（それにしても）

アラストールは、思わず慨嘆《がいたん》していた。己が契約者が二代続けて難儀《なんぎ》な相手に惚《ほ》れてしまうことに、苦笑《くしょう》が漏れそうになる。

（よりにもよって、なんという恋をするのか）

半《なか》ば以上に自覚の無いことだったが、彼も以前ほどには、恋の相手たる少年に不満と不快感を覚えなくなっている。もちろん、あくまで、以前と比べてのことである。

と、その彼に、契約者としてではなく、一人の悩める少女として、シャナが感謝の言葉を贈る。胸の中央にある〝コキュートス〟を、両 掌《てのひら》で抱いて。

「ありがとう、アラストール」

「もはや、言《げん》を弄《ろう》すまい。おまえが、決めるのだ」

また頷《うなず》き、視線を強く遠くに向けるシャナに、

「ただ」

アラストールは今までの遣《や》り取《と》りが嘘《うそ》のような、曇った重苦しい声で付け足した。

「？」

「ヴィルヘルミナ・カルメルには、説明すべきなのかどうか。それが問題だ」

「あ……」

こればかりは、どちらにも名案がない。

ビルの前にある詰め所で、

初老《しょろう》の警備員が、
同僚《どうりょう》に引き継ぎのクリップボードを渡した。

夜の十二時も近い坂井《さかい》家を、いつものように封絶《ふうぜつ》――内部をこの世の流れから断絶《だんぜつ》させ、外部から隠蔽《いんぺい》・隔離《かくり》する、ドーム状の因果《いんが》孤立空間――が覆《おお》う。

桜色《さくらいろ》の炎《ほのお》をときに過《よ》ぎらせる陽炎《かげろう》の壁の中心、坂井家の屋根の端《はし》に、悠二《ゆうじ》は立っていた。

(い、いよいよ、か)

この数週間、重点的に鍛錬《たんれん》してきた成果を見せる日が、ついにやってきた。

全くの役立たずであった自分を変えるため、この鍛錬を始めた。

夜の鍛錬が始まった当初は、無限の燃料タンク同然の扱いだった。

しばらくして、〝存在の力〟の流れを感じることができるようになった。

次に、体の中に取り込んだ〝王〟の腕と繋《つな》がり、力の制御について教わった。

さらに、力の質や流れを明敏《めいびん》に捉《とら》えられるよう、感覚を研ぎ澄ませることを学んだ。

そして、封絶の自在式《じざいしき》をイメージし続けるという、その行使に向けた準備を続けてきた。

地道《じみち》な基礎課程《かてい》である〝存在の力〟の繰《く》りではない。身体《しんたい》能力の強化でもない。己《おの》が意思によってこの世の事象《じしょう》を思う儘《まま》に捻《ね》じ曲げる、自在法《ほう》の発現である。

それはつまり、紛《まご》うことなく人を超える行為。

自在法《じざいほう》、封絶《ふうぜつ》。

(この僕が、自在法を)

悠二《ゆうじ》の胸 中《きょうちゅう》に、試験の成否《せいひ》とは全く違う、期待と不安が渦巻《うずま》く。

もう後には引けない、待っていたものが来てしまった恐ろしさ。

憧《あこが》れと望みが、気楽に憧れ無邪気《むじゃき》に望むだけでは済まなくなる。

自分の意思によって起こしたことに、自分が責任を負う、恐怖。

刹那《せつな》に消し去ることのできる妄想《もうそう》ではない、逃げ道の無い現実。

(いいんだろうか)

今さらのように、心が怯《ひる》むのを感じる。

しかし、あるいは幸いと言うべきか、怯む心と等量に、開き直りにも似た落ち着きがあった。

なにより、今となって気付き、安堵《あんど》したことだが……後悔《こうかい》は微塵《みじん》も感じられなかった。

明らかに、強く、望んでいるのである。

それが分かっただけでも十分だった。

(……よし)

今日という日を迎えてから数百回目の、自分が自在法を使うことへの最後確認を終えて、悠二は自分の正面、屋根の反対側の端《はし》に向けて、立ち塞《ふさ》がる壁へと向かうような視線をやる。

そこに端然《たんぜん》と在るのは、丈長《たけなが》のワンピースに白いヘッドドレスとエプロン、編み上げの革靴という出で立ちの、欧州《おうしゅう》系らしき女性。

彼女こそ、シャナの育ての親の一人にして、戦技無双《せんぎむそう》の誉《ほま》れも高き〝夢幻《むげん》の冠帯《かんたい》〟ティアマトーのフレイムヘイズ、『万条《ばんじょう》の仕手《して》』ヴィルヘルミナ・カルメルである。

まるで、その心の整理を待っていたかのように、

「では、そろそろ始めるのであります」

ヴィルヘルミナが口を開いた。肩までの髪の内にある端整《たんせい》な顔立ちには、どんな感情の色も見て取れない。

（さあ、やるぞ……あれ？）

いつも鍛錬《たんれん》前に行われていたこと、今日は特に緊張《きんちょう》していたことから、悠二は今さらのように、キョロキョロと周りを見た。

「封絶なら、もうカルメルさんが張ってるけど」

悠二、当然の疑問に、ヴィルヘルミナは直接答えない。

「まずは、今までのおさらいを行うのであります」

「おさらい……あっ！」

悠二は言葉の意味を察して、たまらず身構えた。咄嗟《とっさ》に体の奥底に滾《たぎ》る溶岩《ようがん》のような〝存在の力〟を汲《く》み上げ、体《からだ》全体に巡らせる。神経を張り詰めさせて、不意の攻撃に備える。

ヴィルヘルミナ到来《とうらい》直後、彼はここで〝存在の力〟の繰《く》りを教示する、という口実の元、危うく殺されかけたのである。その屈辱《くつじょく》と恐怖の記憶《きおく》が蘇《よみがえ》り、背筋《せすじ》に寒気が走る。そんな彼の、数ヶ月に渡る鍛錬《たんれん》の全てを結集した構えを、

「まだまだ体勢甘く、瞬時《しゅんじ》に制御できる〝存在の力〟も少ないようでありますな」

ヴィルヘルミナはあっさり酷評《こくひょう》した。が、攻撃はせず、自分の斜め後ろに視線を落とした。

そこにシャナが、付き添いのように監視《かんし》役のように、立っている。今夜の彼女はどこか、悠《ゆう》二《じ》に近付くことを躊躇《ためら》い、微妙《びみょう》な距離を空《あ》けている観があった。

自分の陰に隠《かく》れるような少女の態度に、不審《ふしん》と喜びを等量《とうりょう》感じる元・養育係の女性は、とりあえずと言う。どこからか純白のリボンを一条《いちじょう》、伸ばして。

「形態については了解《りょうかい》でありますが……力の規模は、こんなものでありますか」

シャナはそのリボンを手に取り、少し目を伏せて集中する。

「もう少し、強かった」

「ほう、一手駒《てごま》としては破格の大きさでありますな」

「あいつの手下は、皆それくらいの力を持ってた」

「そのクラスを数十体でありますか。なるほど、さすがは世に知られた——」

二人の相談する意味を図りかねる悠二は、

「……？」

構えたままという一種間抜《まぬ》けな姿で、『おさらい』とやらを待つ。

やがて、リボンを見つめていたシャナが頷《うなず》いた。

「うん、これくらいだったよね、アラストール？」

「む」

短い同意を得て、ようやくヴィルヘルミナは悠二へと向き直る。

「入念防備《にゅうねんぼうび》」

彼女に異能《いのう》の力を与える〝紅世《ぐぜ》の王〟、〝夢幻《むげん》の冠帯《かんたい》〟ティアマトーが、神器《じんぎ》であるヘッドドレス〝ペルソナ〟から、短く注意を喚起《かんき》した。

「防備？　なんのこと――」

「勝負は、ただ一撃《いちげき》」

悠二に答えを与えぬまま、ヴィルヘルミナはリボンを鋭く前に放る。

「！」

シャッ、と奔《はし》ったリボンは、しかし警戒《けいかい》した悠二の前、屋根の中央で渦《うず》を作る。

（なんだ……？）

まるで見えない誰かに包帯《ほうたい》を巻きつけるように、リボンは一つ形を作ってゆく。

（人……？）

その形を注視していた悠二は、すぐに気付いた。

（じゃ、ない!?）

大きい。

「な、あ!?」

仮に人型だとして、その足は土管《どかん》ほどにも太く、しかも短かった。

「あ、あぁ、あ」

胴体《どうたい》も腕も、明らかにデフォルメされた不自然な大きさ太さを持っていた。

「まさ、か、こいつ」

そして頭が、最も大きい。ほとんど三頭身《さんとうしん》と言っていい、アンバランスな形だった。

「待っ……」

なにをか乞《こ》う声も途切《とぎ》れ、ただ見上げる悠二《ゆうじ》は、細かく震えていた。

リボンの織り上げた形を彼は知っていた——否、忘れるはずがなかった。

血のように赤い夕焼けの中で、彼の日常を粉微塵《こなみじん》に破壊した、人喰いの怪物。

御崎《みさき》市で策謀《さくぼう》を巡らせていた〝紅世《ぐぜ》の王〟、〝狩人《かりうど》〟フリアグネの下僕《げぼく》たる〝燐子《りんね》〟。

彼を喰らおうとした、マヨネーズのマスコットキャラクターそっくりな、三頭身の人形。

「……——」

悠二は、そのリボンが象《かたど》った〝燐子《りんね》〟を見上げる姿勢のまま、放心していた。どんな〝紅世《ぐぜ》の王〟が眼前に現れるよりも大きく深い衝撃《しょうげき》に、心身が麻痺《まひ》していた。ほとんど刷り込みのように、彼は恐怖で縛《しば》り上げられていた。

その様《さま》を冷酷《れいこく》な視線で射るヴィルヘルミナは、臍《へそ》の緒《お》のように繋《つな》がったリボンに意思を込める。と、〝燐子《りんね》〟は応えて、手を指し伸ばす。図らずも、いつかと同じ姿で。

「――」

悠二は限界まで目を見開いて硬直し、この視界《しかい》一杯を埋める掌《てのひら》の到来を、全身を引き攣《つ》り凍らせたまま、待

「できるよ、悠二!!」

ちかけた耳に、少女の叫びが飛び込んできた。

「――!」

血のような夕焼けの中で、

極限の恐怖の下で、

存在の危機を前に、

出会った少女の、叫びが。

「――う」

迫る人形の掌へと、かつて為《な》す術《すべ》なく捕えられた掌へと、悠二は抗《あらが》う心を表し、また現すよ

うに、両手を突き出していた。

「わあああああああ!!」

ズゴン、と一瞬の轟音《ごうおん》があり、
ヴィルヘルミナが見つめる、シャナが息を呑む、その前で、

「――はあっ」

悠二《ゆうじ》はその掌《てのひら》を、頭上でがっしりと受け止めていた。

「はあっ――!　はあっ――!　はあっ――!」

いくら吸っても足りないように、肩で、胸で、腹で、大きく息をする。緊張《きんちょう》に凝《こ》り固まった頬《ほお》を、どっと湧《わ》いた冷や汗が滴《したた》り落ちていた。痛さに気付いて目線を下にやれば、瓦《かわら》を粉々《こなごな》に割って、足首までが屋根に埋もれていた。もし受け止められなかったら、と思い、また新たな冷や汗が湧く。

「はあ――あ、うっ、あ!」

ガクリ、と膝《ひざ》が崩れる。危うく跪《ひざまず》きそうになって、慌《あわ》てて力を入れなおす。

「結構《けっこう》……初期段階は、及第点《きゅうだいてん》にて修了《しゅうりょう》でありますな」

ヴィルヘルミナが、僅《わず》か十数秒の交錯《こうさく》を受けて、採点した。リボンを引くと、まるで幻《まぼろし》のように巨大な人形、脅威《きょうい》の姿が解《ほど》けて失《う》せる。その彼女に、

「ヴィルヘルミナ!」

シャナが抗議の叫びを上げた。

「摑《つか》み上げるだけ、って言ったのに、なんであんなに強く……！」

「他意を勘繰《かんぐ》られるのは、不本意でありますな。私は『鬼功《きこう》の繰《く》り手《て》』ほどに人形使いが上手《うま》くない、というだけのこと」

「祝修《しゅく》了」

上手く誤魔化《ごまか》したつもりの二人に、

「むー」

シャナは怒ったことを示すため、膨《ふく》れてみせた。

その胸元から、アラストールが言う。

「それよりも、今日の本題はこれからだろう」

「いかにも、その通りであります」

「迅速《じんそく》行動」

尻馬《しりうま》に乗って話を流そうとする二人に、シャナはますます膨れる。

と、そこに、

「あ、あの～」

悠二が躊躇《ためら》いがちに声をかけた。

「？」

シャナ始め、皆の不審《ふしん》の視線を受けた〝ミステス〟の少年は、目覚しい進歩から来る貫禄《かんろく》ではなく、困って緩《ゆる》んだ笑いを見せた。

「足が、抜けないんだけど……」

ビルの裏手で、
見回りをしていた警備員が、
倒れていた酔っ払いを叩《たた》き起こした。

悠二《ゆうじ》は棟《むね》に腰掛け、少女の手で乱暴に引っこ抜かれた足をさする。

「もう少し、優しく扱ってくれよ」

「うるさいうるさいうるさい。そっちこそ、もっと――」

――格好《かっこう》つけてくれてもいいのに、そうすれば、ヴィルヘルミナも少しは見直してくれるのに――という期待の文句を、口の中だけでゴニョゴニョと弄《いじ》るシャナだった。

アラストールが、同じ意見を声に表さずに叱《しか》る。

「常時とは言わぬが、せめて必要なとき、瞬時《しゅんじ》に先刻《せんこく》程度の力は出せるようになるのだ」

「それを今後の課題とするのであります」

「要望山積《さんせき》」

ヴィルヘルミナとティアマトーがもっともらしく続けた。

悠二は、この面子《めんつ》に優しさを期待したことが間違いだった、と改めて悟《さと》り直す。渋い顔のまま、痛む足を我慢して立ち上がり、

（そういえば）

と今さらのように気付いた。

こうして鍛錬《たんれん》を続ける内に、この滑りやすく傾いた屋根の上でバランスを崩さない、どころか平然と行き来できるようになっている。最初、ここに上がった頃は這《は》うようにしか動けなかった。ヴィルヘルミナに殺されかけたときは、危うく落ちて死にかけた。

（慣れ、だけじゃないのか？）

足踏みしてみると、不自然に歩きやすいような感覚がある。

慣れに隠《かく》して、自分がなにかをしている……こうして立つことにさえ。

瞬間、全身に得体《えたい》の知れない侵食のようなものを感じて、しかし思う。

（元から願っていたことだろう？）

傍《かたわ》らに在るシャナを見て、笑いかける。

シャナは慌《あわ》てて、プイとそっぽを向いた。

（この子の力になれるよう、もっと強くなる、って）

改めて誓《ちか》いつつ、しかし彼女の後ろに立って睨《にら》むヴィルヘルミナから逃げるように、元の位置、自分の両足による穴の開いた屋根の端《はし》へと走る。なんの不都合《ふつごう》も恐さもなく。

「よーし、やるぞ！」

両腕を振り回して、悠二《ゆうじ》は大声で気合を入れる。

それを諌《いさ》めて、シャナが言う。

「その前に、ヴィルヘルミナ」

「了解《りょうかい》であります」

シャナの求めに応じ、ヴィルヘルミナが指を一本、鋭く横に払った。

途端《とたん》、ＶＴＲが逆回しになるように、屋根の穴が修復《しゅうふく》されてゆく。

「坂井《さかい》悠二、事象《じしょう》の復元するこの感覚を、しっかり感得《かんとく》するのだ」

「常時学習《じょうじ》」

アラストールとティアマトーに言われるまま、

「分かった」

悠二は、自分の前で行われる『封絶《ふうぜつ》内の修復』という行為が、どのような力の流れに乗って行われるのかを感覚として掴《つか》もうと試みる。

（ええ、と……断絶《だんぜつ》させた外側の切り口、そこに見える無数の『因果《いんが》』って名前の配線みたい

なものに、内側の乱れたり縺《もつ》れたりした配線を、お互いが呼び合っている力で繋《つな》げていく、って感じ、かな）

瓦《かわら》の輝《ひび》が消えていく、不思議《ふしぎ》な光景の中にも、世界の流れを見出そうとする。

（この力に従って……内側を外側に合わせれば、断絶される前、つまり元の状態に戻せるってわけだ？）

あえて言葉で考え、感覚を整理する。

やがて、その感得のためにゆるりと行っていた修復が終わると、周囲に桜色《さくらいろ》の火線《かせん》で描かれていた奇怪《きかい》な紋章《もんしょう》、および陽炎《かげろう》のドームが消える。

ヴィルヘルミナの力で張られていた封絶が解かれたのだった。

静かながら、世界の脈動を感じられる夜が戻ってくる。眠りの時間を迎えつつある御崎《みさき》市西部の住宅地と、遠く大通りから響《ひび》く車のさざめき、不夜城《ふやじょう》として聳《そび》える東部市街地。

その夜風の中、

「始めよ」

アラストールが指示し、

悠二は自らの意志で、人の域を超えると、決める。

「分かった」

頷《うなず》きつつ、心の奥にあるイメージを呼び起こす。世界を外れた瞬間から、ずっと、何度も、発現に立ち会ってきた自在法《じざいほう》の、イメージを。

数ヶ月をかけて、シャナとヴィルヘルミナに与え続けられてきた、弾《はず》むリズムのような、稼動する機械のような、在《あ》り得《え》ない現れ。これを自らの〝存在の力〟で表現し、動かす。

「……行くよ」

シャナが頷《うなず》き、ヴィルヘルミナも頷く。

今や容易《たやす》く感じられる、自分の奥底、どころか皮《かわ》一枚下にある〝存在の力〟の滾《たぎ》りを、ほんの一欠《ひとか》けら、火《ひ》の粉《こ》一つほどの量だけ拾い上げて、燃やす。

意志を導線に、炎《ほのお》を燃やし、広げ、煌《きらめ》かせ、形作る。

(大丈夫、いつも通りのイメージに、力を注《そそ》ぎ込む、それだけでいいんだ)

努めて冷静に、何度も教えられてきた、感じてきた、自在法の形を思い浮かべる。

体の奥深く秘めた〝存在の力〟を燃やし、自分の周囲へと圧力と熱量を迸《ほとばし》らせ、溝《みぞ》に流れ込む溶けた鉄のように、思い浮かべた自在法へと燃える力を大きく広げ、煌く強さを全体の威力《いりょく》、効力の強さとして捉《とら》え、自分の望む規模に制御してゆく、式《しき》全体の形態を、細心《さいしん》の注意を払って大胆《だいたん》に、砂細工《ざいく》のように微妙繊細《びみょうせんさい》に整えて、そうして、これら諸《しょ》要素を統合し、また一つのシステムとして感じ、稼動させる。

(人を、超える)

刹那《せつな》抱いた恐れや戸惑《とまど》いを、

（シャナの側に、踏み出す）
少女に向かう心の強さで押し流す。
（僕自身の、意思で）
遂《つい》に、望みが恐れを戸惑いを、超える。
（よ……し）
自分も含めた感覚の中に、来る。
迷いがぼかしていた自在法構築のピントが、合う。
恐れが散漫《さんまん》にしていた力が、一つ所へと凝縮《ぎょうしゅく》する。
歯車が鈍く動き出したような、快感と実感がある。
人間たるを保っていた枠《わく》を、悠二《ゆうじ》は遂に、超える。
（これ、か!?）
紡《つむ》いだ力が、動き出した自在式《しき》が、湧《わ》き出した自在法が、自然と口を開かせていた。
「封絶《ふうぜつ》」
瞬間、
ヴィルヘルミナが展開していたのと同規模の力が体の中から噴《ふ》き出し、

彼独自《どくじ》の奇怪《きかい》な紋章《もんしょう》が自在式《じざいしき》として周囲に火線《かせん》として結晶し、効果範囲《はんい》内を埋めるような炎《ほのお》が一気に湧《わ》き上がって、後には、炎を混ぜた陽炎《かげろう》のドームが残される。

自在法《ほう》を使った、という実感があった。

完璧《かんぺき》だった。

「——」

陽炎は炎を時折紛《ときおりまぎ》れさせて、外部との因果《いんが》を断絶させている。

火線による紋章の維持《いじ》も、ほとんど意識する必要がないほど自然に行えている。

内部と外部の間に断裂《だんれつ》を、今ここが自分の作った一つ世界であることを感じる。

自在法の構築《こうちく》は、完璧だった。

「——やった!!」

これまでの鍛錬《たんれん》の結実に、悠二《ゆうじ》は飛び跳ねて喜んだ。

「やったよ、シャナ!」

達成《たっせい》感と歓喜が爆発して、人間を超えた恐怖も、ほとんど忘れていた。

「見たかい、アラストール!」

自在法の構築自体は、彼が感じる限り、全く完璧だった。

「僕が封絶《ふうぜつ》を、僕が自在法を使ったんだ!!」

興奮《こうふん》の面持《おもも》ちを隠《かく》さずに振り向く。

皆も、初めてでこれほど上手《うま》く行ったのなら、少しは誉《ほ》めてくれるだろう、と思った。

そう思うのも無理《むり》はない。なにしろ、自在法《じざいほう》の構築《こうちく》自体は、全く完璧《かんぺき》だったのだから。

「どうです、カルメルさん！　僕だってたまには——」

と、振り向いた先、二人にして四人のフレイムへイズらの様子《ようす》がおかしいことに、ようやく悠二《ゆうじ》は気が付いた。

皆して、呆然《ぼうぜん》としているように見える。

自在法の構築を、完璧に行ったというのに。

まず最初に、誉めてくれないことへの不満があった。

（たった一度で成功したから、驚いてるのか……？）

次に、何か不味《まず》いことをしたかという不安を抱いた。

（もしかして、僕の封絶《ふうぜつ》には、何か欠陥でも……？）

慌《あわ》てて周囲を見回し、ヴィルヘルミナが示した手本との差異《さい》が無いか、確かめる。

しかしやはり、封絶は完璧。

「……？」

封絶におかしなところはないように見える。

「？」

しかしその、見える中に、気付くものがあった。

この自在法は。

この光景は。

「悠、二」

シャナが、たった一言だけ、蒼白《そうはく》な顔から零《こぼ》した。

「馬鹿な……在《あ》り得《え》ん」

アラストールが、遠雷《えんらい》のような声を、さらに一段下げて呟《つぶや》いた。

ヴィルヘルミナとティアマトーは、無言で立ち尽くしている。

悠二は、これがなにを意味しているのか、分からなかった。

「……なん、なんだ、これ……？」

封絶の構築は完璧だった。

自身の状態にも異常はない。

しかし、これは、なんなのか。

分からないが、知っていた。

悠二は、自分の手を、自分の宿した宝具《ほうぐ》の真実を求めるように見た。

「僕は、いったい、なんなんだ？」

封絶の中に燦然《さんぜん》と輝く、炎《ほのお》。

その色は、見紛《みまご》うはずもない――〝銀〟だった。

マンションの廊下で、
帰宅した酔っ払いが、
その妻に張り飛ばされた。

3　清秋祭始まる

御崎《みさき》市相沢《あいざわ》町で、
早朝に起きた妻が、
年配の配達員から朝刊を手渡しされた。

シャナは、トーチとなった少女・平井《ひらい》ゆかりの存在に割り込み、御崎市での身分を偽装《ぎそう》している。居宅《きょたく》は、平井ゆかりが家族と住んでいたマンションの一室である。同じくトーチとなってしまった家族は消滅《しょうめつ》して、表向《おもてむ》き、彼女は一人暮らしということになっていた。
そこに、とある〝紅世《ぐぜ》の王〟襲撃《しゅうげき》の痕跡《こんせき》を人間の目から隠蔽《いんぺい》するためにヴィルヘルミナ・カルメルが現れ、同居することとなった。二ヶ月ほど前のことである。かつて共に暮らした日々のように、彼女はシャナの世話を甲斐甲斐《かいがい》しく焼いていたが、それは暮らしをサポートするという意味だけではない。

世に知られた討《う》ち手《て》たる『万条の仕手《ばんじょうのして》』は、坂井悠二《さかいゆうじ》に〝存在の力〟の繰《く》り方を厳《きび》しく叩《たた》き込んでいるように、シャナに対しても様々《さまざま》な知識や手法を伝え、教えていたのである。

具体的には、悠二との鍛錬《たんれん》の場では、先代『炎髪灼眼の討ち手《えんぱつしゃくがんのうて》』の戦術を伝え、それ以外の時間には、外界宿《アウトロー》の利用法、連絡の取り方、齎《もたら》された情報の分析《ぶんせき》方法等《など》を教えていた。前者は自己の能力発現《はつげん》における参考《さんこう》程度のものだったが、後者は実務における重要事項として、特に身を入れて指導に当たっている。

シャナは、人間としてのバックボーンや一般常識を全く持たない、純粋培養《ばいよう》のフレイムヘイズである。ゆえに〝徒《ともがら》〟との戦いには滅法《めっぽう》強く、使命感と自我《じが》を同化させているほどに一直線なメンタリティを持っている。しかし同時に、他者を恃《たの》まず協調も必要としない、討ち手が持つ一人一党気質《きしつ》の極端な例でもあった。

優れたフレイムヘイズは大抵この傾向を持っていたが、それでもシャナは特別で、彼女は討ち手らの情報交換・支援施設である外界宿《アウトロー》をほとんど利用したことがないという変り種《だね》だった。他の討ち手に連れられて数度立ち寄ったのみ、自分から赴《おもむ》いたことが皆無《かいむ》、という例は、流れ者ばかりという彼らの中でも珍しい。

外界宿《アウトロー》の支援をほとんど受けない一匹狼《おおかみ》として有名な『弔詞の詠み手《ちょうしのよみて》』マージョリー・ドーでさえ、旧知《きゅうち》と会うためや単なる飲み屋として立ち寄ることがしばしばなのだから、いかに彼女が人間のみならず、フレイムヘイズの世間からも離れていたかが分かる。

名に し負う〝紅世《ぐぜ》〟真正の魔神《まじん》〝天壌《てんじょう》の劫火《ごうか》〟アラストールの新たな契約者という、注目されてしかるべき彼女の情報がほとんど流布《るふ》されなかった、これが大きな理由だった。

つまりヴィルヘルミナは、この再会を好機と捉《とら》え、外界宿《アウトロー》の利用法を改めて伝授《でんじゅ》しようとしていたのだった。シャナの巣立ちが予定より遥かに早かったこと、自身その巣立ちに同行できない事情があったこと等、本来行うはずだった教育の補習授業というわけである。

フレイムヘイズも、仕事人間同士《どうし》だと、なかなかに暇《ひま》ではない。

ただ、今日だけは、その指導も休むことに決まっていた。

御崎《みさき》高校清秋祭《せいしゅうさい》の、始まりの日である。

新聞屋の前で、
年配の配達員が、
これから出る同僚《どうりょう》の少年にジュースをおごった。

空の奥まで見通せるような、秋の晴天が広がっている。

その下、早朝の街路を、シャナが悠二を数歩、先んじて跳ねる。

「そろそろ、太刀合《たちあ》いに入ってもいいかもね」

言って、クルリと回る。

冬服のスカートが花のように開いた。

踊る少女の可憐《かれん》さに一瞬、悠二《ゆうじ》は見惚《みと》れてから、

「たちあい、って……僕も剣術《けんじゅつ》とか覚えるってこと？」

光景と会話のギャップに、思わず笑ってしまう。

シャナは、いつもの強さとは違う煌《きらめ》きを見せて笑い返した。

「もう『殺し』の間合いと機運《きうん》は、だいたい計れるようになったでしょ」

「……まあ、それなりに、ね」

朝日だけではない眩《まぶ》しさに目を細めて、悠二は言う。

「相手が強すぎて、全然上達《じょうたつ》してるようには思えないけど」

「半年やそこらで、そうそう追い抜かせるものか」

揺れて輝く〝コキュートス〟から、アラストールが釘《くぎ》を刺した。

シャナも眦《まなじり》を吊《つ》り上げて続ける。

「攻撃を『殺し』の把握に乗せる感覚を体得《たいとく》できれば、基礎は終わり。後は自分自身で技量《ぎりょう》全体を底上げしていくだけになるから、私も細々《こまごま》教えなくても良くなる」

笑いは、そのままだった。

（シャナにしか、できない笑顔だ）

積み重ねてきた日々から悠二は自然と感じ……ここしばらくの状況を思い出して、つい警戒《けいかい》心を湧《わ》かせる。

「あ、教えるって言えば……今朝、カルメルさんは来なかったけど、やっぱり……？」

シャナは疑問を素直に受け取り、首を振る。

「ううん、昨日の件とは関係ない、って本人は言ってた」

「そう、か」

悠二は安堵《あんど》して、それでも僅《わず》か、表情を曇らせる。

昨晩、彼らが直面した、在《あ》り得《え》ない光景――

誰もが、坂井《さかい》悠二の飛躍《ひやく》程度に考えていた――

全く想定していなかった、異常な事象《じしょう》の発現――

よりにもよって、〝銀〟の炎《ほのお》。

本来トーチの炎の色は、喰われた傷痕《きずあと》のように、喰らった〝徒《ともがら》〟の色を薄めた、淡い色合いになる。悠二がシャナと出会う僅かな前、御崎《みさき》市で策謀《さくぼう》を巡らせていた〝狩人《かりうど》〟フリアグネ一党に喰われたのだとしたら、その炎の色は薄い白色になるはずだった。

もしくは、彼が秘宝《ひほう》『零時迷子《れいじまいご》』を宿した〝ミステス〟であることから、その力が元の持主、『永遠の恋人』ヨーハンのものに変換されていたと仮定すれば、炎の色は、恋人たる〝彩飄《さいひょう》〟

フィレスの琥珀《こはく》色でなければならない（これはヴィルヘルミナによる証言）。

しかし、現実に彼の力の具現として溢《あふ》れ出た炎《ほのお》は、燦然《さんぜん》と輝く銀色。

これがただのハプニング、異常への驚きだけで済まされなかったのは、銀という色が、難儀《なんぎ》な上にも難儀な事情を持っていたからである。

この色の炎を持つ〝徒《ともがら》〟は、少なくともフレイムヘイズの側には全く知られていない謎《なぞ》の存在であり、またなにより、あの戦闘狂『弔詞《ちょうし》の詠《よ》み手《て》』マージョリー・ドー契約のきっかけとなった、彼女が復讐《ふくしゅう》の対象として血眼《ちまなこ》になって探している仇敵《きゅうてき》なのだった。

実際、誰にも、訳が分からない。

唯一《ゆいいつ》の手掛かり、可能性として挙げられるのは、ヨーハンを封じて転移《てんい》する直前の『零時迷子《れいじまいご》』に、刺客《しかく》たる〝壊刃《かいじん》〟サブラクが打ち込んだという、謎の自在式《じざいしき》である。

陰謀《いんぼう》は無論《むろん》あるのだろうが、現状では対処のしようもなかった。

原因事情に志向《しこう》行動、絡まる世界は広すぎるのである。

いつ、誰が何を狙い、今、自分がどこにいるのか。

眼前の事象《じしょう》だけで察するのは至難《しなん》の業だった。

シャナは、そんな世界を理解しているからこそ、平然と言う。

「昨日、また外界宿《アウトロー》から書類が何箱も届いてたから、その精査《せいさ》をしてるみたい。昨日の件を頭に置いて情報を検証してみる、って言ってた」

「そうか……」

悠二《ゆうじ》も、それなりの理解者として、このフレイムヘイズの少女が現実的な思考《しこう》から、余計《よけい》な心配はしない、するだけ無駄《むだ》、と考えていることは分かった。ただ、だとしても、

(どう、したんだろう……?)

彼女の態度は、不思議《ふしぎ》なものだった。今朝《けさ》の鍛錬《たんれん》に訪れた時、彼女は一旦《いったん》の驚愕《きょうがく》を超えて、常の様子《ようす》を取り戻していた……だけではなかった。

いつも通り、冷静に話して、不適に笑って、軽々と歩を進めている。なのに、
彼女はいつもより可愛《かわい》く見えたのである。

(具体的に、どこがどう、ってわけじゃ、ないけど)

平静を取り戻すことならともかく、可愛くなることの理由など、未熟な少年には想像も付かない。少し分かったと思えば、また新たな謎が生まれる、その快い理不尽《りふじん》さに、思わず溜息《ためいき》を吐《つ》く悠二だった。

そんな少年の心を知らぬまま、シャナは笑いかける。

「その内、また呼び出しを受けるかも」

「それは……勘弁《かんべん》してほしいな」

悠二は内心を隠す以上の、本気の苦笑《くしょう》で答えた。

これまでにも何度か、ヴィルヘルミナに『鍛錬の一環《いっかん》』という名目で、山のように積まれた

書類の整理を手伝わされている。紙束に埋もれて頭脳を全開で使うハードワークには、できればもう係わり合いになりたくなかった。

（僕の謎《なぞ》や危険に関する急報とか、来てないだろうか？）

シャナは関係ないと言ったが、大量の情報の中に、たまたまそれが紛《まぎ》れていないとは限らない。何時《いつ》、今がひっくり返ってもおかしくない自分の立場に、つい気分が翳《かげ》りがちになる。昨晩からもう何十何百《なんじゆうなんびやく》と繰り返した、答えのない疑問を、また心に流す。

（僕は、これからいったい、どうなる――）

「悠二《ゆうじ》」

「わっ!?」

シャナがクルリと踵《きびす》を返し、大きく一歩、近寄っていた。

突然、自分の胸元へと迫られて、悠二は立ち止まる。

「シャ、シャナ？」

朝の街路で、互いに胸を合わせるほど近く、二人は向き合っていた。

沈黙《ちんもく》の中、肌寒《はだざむ》い秋の朝風が吹いて、シャナの長い髪を広げる。その内にある黒い双眸《そうぼう》が、悠二を見上げている。小さな口が、開いた。

「途方《とほう》に暮れること自体に、意味は、ない」

「……」

悠二は目を離せない。動けない。

「思い煩《わずら》い、悩み苦しむことも、同じ」

ぶつけてくる言葉自体は、その意味するものは、以前と同じ。

強く誇り高いフレイムヘイズ『炎髪灼眼《えんぱつしゃくがん》の討《う》ち手《て》』の生き方。

であるというのに、悠二にはなぜか、今見ている微笑《ほほえ》みが、これまでのものとは違っているように思えた。接するという行為への戸惑《とまど》いや躊躇《ためら》いが、

（……な、い……？）

可愛《かわい》いく見えた、その原因をようやく感じ取った悠二に、シャナはさらに言う。

「一つだけ、心に決めよう、悠二。そうすれば、考えることができるようになる。考えて、動くことができるようになる。考えて動けば、全てが拓《ひら》ける」

「心に、決める？」

鸚鵡《おうむがえ》返しに、悠二は訊《き》いていた。

シャナは、見上げる瞳にハッキリと、今度は強さを示して答える。

「そう、『立ち向かう』って」

「！」

悠二はその言葉に、さっきまで自分が沈んでいた翳りを打ち払われたように感じた。ほとんど呆然《ぼうぜん》となって数秒、言葉が染み込む間を空《あ》けたように強く深く、頷《うなず》いた。

「うん」

答えを受け、破顔一笑《はがんいっしょう》するフレイムヘイズの少女を、ただ見つめながら。

(変な、感じだ)

言葉が、いきなり自分の中に飛び込んできたような、塀《へい》も門もない場所から声をかけられたような……眼の前の少女には、そんな不用意なまでの近さがあった。

(そうか、近いんだ)

まるで、互いの間に風しかないような――望みさえすれば、動きさえすれば、すぐにも抱き締められるのではないか、と思えるほどに――シャナが、近く、に、い、る。

(なんだろう、胸が、苦しい)

どうして彼女がそうなったのか、という詮索《せんさく》など忘れていた。

ただ望みさえすれば、動きさえすれば、という気持ちが高まる。

朝日そのもののように煌《きらめ》く笑顔で、シャナが自分を見上げている。

その姿に向け、なにを言いたいのか不分明《ふぶんめい》なまま、口を開いていた。

「――」

と、不意に、
チリン、とベルが鳴って、傍《かたわ》らを新聞配達の自転車が通り過ぎた。

「――!!」

悠二《ゆうじ》は我に返り、知らず前に傾いていた背筋《せすじ》を伸ばした。

まるで、その隙《すき》を突いたかのように、シャナは体を離し、駆け出す。

「行こう、悠二！」

「あ、シャナ――」

思わず悠二は、逃げたシャナを追いかけていた。

彼女に向かって頷《うなず》いた、自分の心の動きに、奇妙《きみよう》な新鮮さを感じながら。

それは、失望させたくないという思い遣《や》りでも、いいところを見せたいという見栄《みえ》でもなかった。今、彼女を追いかけているのと同じ、自分の意志というほどに明確でない、しかしどこか熱い、自発的な衝動《しようどう》のような……不思議《ふしぎ》な気持ちだった。

早朝の街路で、
余所見《よそみ》をした新聞配達の少年が、
ジョギング中の青年にぶつかり、ひっくり返った。
爽《さわ》やかな朝日は、平井《ひらい》家の入っている古びたマンションすらも白く輝かせている。

その明るい部屋の中で、ヴィルヘルミナは、僅《わず》かに眉《まゆ》を顰《ひそ》めていた。

「さてさて……」

眼前、スチール製の執務机《しつむ》の上に、大量の封筒《ふうとう》と束ねた書類が山積みになっている。

彼女が居室《きょしつ》としているのは、平井《ひらい》ゆかりの両親が暮らしていた十畳の大部屋である。

ベッドとクローゼットと机・椅子《いす》の他は林立する書類棚《だな》のみ、という無味乾燥《かんそう》な組み合わせだが、散らかってはおらず、塵《ちり》一つ埃一片《ほこりいっぺん》すら落ちていない。

机の上に、シャナが事ある毎《ごと》にプレゼントしてくれた人形がズラリと並んでいるのが、唯一《ゆいいつ》の飾り気だった。チエスの駒《こま》ほどの大きさ、同一様式《ようしき》のものである。お気に入りのチョコレート菓子に付いていたオマケだという。

それらを倒さないよう気を付けながら、ヴィルヘルミナは手にした書類の束を机上に放り落とした。音からも分かる無駄《むだ》な厚さに目を向け、溜息《ためいき》を吐《つ》く。

「いまいち要領《ようりょう》を得ない上に、量ばかり多いとは──」

「昨今《さっこん》傾向」

頭上、ティアマトーからの指摘を聞きつつ、書類の端《はし》をパラパラとめくる。

「例の件が、じわじわと効いてきているようでありますな」

「世情不穏《ふおん》」

この数ヶ月、世の裏では大きな騒ぎが起きていた。

フレイムヘイズたちの集う外界宿《アウトロー》が、立て続けに何者かの襲撃《しゅうげき》に遭《あ》い、壊滅《かいめつ》させられていたのである。すでに東洋で一つ、中東で一つ、中央アジアで一つ、西洋で二つ、重要拠点《きょてん》と言って良い外界宿《アウトロー》が、配置されていた人員ごと潰《つぶ》されている。

この結果、フレイムヘイズたちに提供されていた潤沢《じゅんたく》な資金や詳細《しょうさい》な情報、即時性の高い移動手段等《など》、効率的に活動するための段取りのほとんど全てが滞《とどこお》ってしまっていた。無論《むろん》、それぞれの問題は異能《いのう》の討《う》ち手《て》ら各個で対処できなくもないが、彼らとて元《もと》人間である。一旦簡《いったんかん》便《べん》さを覚えた後でそれを失うと、動きが大幅に鈍化してしまう。

特に痛かったのが『愁夢《しゅうむ》の吹《ふ》き手《て》』ドレル・クーベリックの主催していたドレル・パーティの喪失《そうしつ》だった。情報の収集と精査《せいさ》において並ぶ者のない、ドレルを中心とした一団『クーベリックのオーケストラ』が丸ごと消えたため、その耳目《じもく》に頼り切っていた欧州《おうしゅう》のフレイムヘイズたちは、中世以来という大混乱に陥《おちい》っていた。

組織立った情報の集積と分析《ぶんせき》、結果導《みちび》き出される〝紅世《ぐぜ》の徒《ともがら》〟出没《しゅつぼつ》地域の割出し、その地へと向かう迅速《じんそく》な交通機関の手配等《など》を唐突《とうとつ》に失くした討ち手らは、それぞれ行き当たりばったり、出会い頭《がしら》に戦うしかなくなっていた。

一連の襲撃をかけた〝徒《ともがら》〟の集団がどこなのか、それすらも現段階では諸説紛々《しょせつふんぷん》、判明の端《たん》緒《しょ》さえ見えない。確証を得るための調査を行う部署、推測を決定付ける重鎮《じゅうちん》らが軒並《のきな》み潰された、これが結果だった。

ヴィルヘルミナは新たな、やはり分厚い書類を取る。本来ならば外界宿《アウトロー》で行われていたはずの、雑多な情報の中から必要なもの、事実と思《おぼ》しきものを選別する、精査《せいさ》の作業を行う。

（狙いの的確さから見るに、襲撃《しゅうげき》の指導者は相当に頭が切れるようでありますな……こちらの体制立て直しのため――）

「――ほう」

書面にあった名を見て、思わず驚きの声が漏れた。

「急ぎ『震威《しんい》の結《ゆ》い手《て》』を呼び戻している、でありますか」

「唯一解《ゆいいつかい》」

懐《なつ》かしい名前の挙がっている分厚《ぶあつ》い議事録《ろく》――ドレル健在の頃なら、要点のみ一枚で済んでいただろう――に、ざっと目を通すと決済済《けっさいず》みの箱に入れ、またまた新しい書類の束を取り上げる（フレイムヘイズは数百年から生きている者が多いせいか、紙媒体《かみばいたい》を好む者が多く、未だ情報の遣《や》り取《と》りは、書類が主流を占めていた）。

今度は、世界各地に陣取《じんど》る〝徒《ともがら》〟各組織との関連性についての意見書だった。

「この中で、『零時迷子《れいじまいご》』に関わりを持つ可能性のある〝徒《ともがら》〟の組織は――」

「特定不能《とくていふのう》」

「――で、ありますな」

と力なく答えて、ヴィルヘルミナは頬杖《ほおづえ》を突く。

今起《いま》きていることが、今在る自分たちにどう関係しているのか、読み取るには不要な情報が多すぎ、必要な情報が少なすぎた。中核《ちゆうかく》たる『零時迷子《れいじまいご》』自体が謎《なぞ》の塊《かたまり》であるために、条件からの概況《がいきよう》を推測することすら難しい、以上に不可能だった。

その悩みの中、彼女は懸念《けねん》を口に出す。

「〝天壌《てんじよう》の劫火《ごうか》〟は、この街が『闘争の渦《うず》』である可能性を否定できない、と」

「可能性大《だい》」

憂《うれ》いを満たした瞳が、傍《かたわ》らのクリップボードに貼《は》り付けておいた一枚の報告書を写した。そこに並んだ文字を追う内に、僅《わず》か暗さが増す。

「その引き金が、『零時迷子《れいじまいご》』という可能性も」

「同前」

瞳は閉じられ、背もたれに体が預けられる。

（……『闘争の渦《うず》』……どうして今また、その言葉を聴くことになるのでありましょう）

かつて多々あった、悲劇を思う。

あらゆることが自分にとって酷《こく》な、現実を思う。

そうさせないために足掻《あが》いているというのに、この世というものは、そんな苦労を全く斟酌《しんしやく》してくれない。むしろ足掻く自分の姿を嘲《あざけ》っているように感じさせられることさえあった。

（せめて、あの子だけでも、そんな境涯《きようがい》とは無縁《むえん》であって欲しい）

と思うが、やはりこの地においても、奇妙《きみょう》な出来事が起こっている。しかもそれが、よりにもよって『闘争の渦《うず》』と『零時迷子《れいじまいご》』に絡んでいる。
自分にとっては、悲しみと悔恨《かいこん》でしかない、その二つと。
（本当に、この世はなんという所なのでありましょう）
思いつつ、ヴィルヘルミナは、シャナから貰《もら》った人形に手を伸ばした。
「御崎市《みさきし》では」
言って、その一つを手に取り、書類の上に立てた。
「フレイムヘイズと〝紅世の徒《ぐぜのともがら》〟の衝突《しょうとつ》が短期間の内に、しかも連続して起き過ぎているように思えるのであります」
数を勘定《かんじょう》するように人形を並べてゆく。
フレイムヘイズ殺しにして宝具《ほうぐ》収集家〝狩人《かりうど》〟フリアグネ、
〝紅世《ぐぜ》〟真正の魔神《まじん》と契約した『炎髪灼眼の討ち手《えんぱつしゃくがんのうちて》』、
世界のバランスに無害なトーチ喰らい〝屍拾い《しかばねひろい》〟ラミー、
フレイムヘイズ屈指《くっし》の殺し屋『弔詞の詠み手《ちょうしのよみて》』マージョリー・ドー、
己《おの》が享楽《きょうらく》に狂う〝愛染自《あいぜんじ》〟ソラトと〝愛染他《あいぜんた》〟ティリエルの兄妹、
兄妹の護衛《ごえい》として付き添っていた〝千変《せんぺん》〟シュドナイ、
最古《さいこ》のフレイムヘイズの一人『儀装の駆り手《ぎそうのかりて》』カムシン、

極めつけの変人『教授』こと〝探耽求究《たんたんきゅうきゅう》〟ダンタリオン、
そして『万条の仕手《ばんじょうのして》』ヴィルヘルミナ・カルメル、

「たった半年で、これだけ……」

並んだ人形の数を、呆《あき》れるように見つめる。

「異常頻度《ひんど》」

ティアマトーが示す通り、在《あ》り得《え》ないまでの数である。その上、誰も彼もが世に知られた腕利き、札付き、強者《つわもの》ばかり。ただの偶然とは思えない、無茶苦茶《むちゃくちゃ》な面子《めんつ》がズラズラと並んでいる。何らかの作為《さくい》を感じて当然の状況だった。

(もちろん、その来訪《らいほう》を説明しようと思えば、できないこともないのでありますが……)

ヴィルヘルミナは、目の前の人形に人差し指を伸ばす。

異常な規模の、世界の歪《ゆが》みを生んだフリアグネ――人形を一つ、倒した。

そこに引き寄せられた『炎髪灼眼の討ち手《えんぱつしゃくがんのうちて》』――また一つ、倒した。

残された多数のトーチを欲し現れたラミー――また一つ、倒した。

その後を追ってきたマージョリー・ドー――また一つ、倒した。

さらに、シャナの持つ『贄殿遮那《にえとののしゃな》』を狙って来た〝愛染《あいぜん》の兄妹〟――二つ、倒した。

兄妹の護衛として同行してきたシュドナイ――また一つ、倒した。

時と共に大きくなる歪みに呼ばれた調律師《ちょうりつし》カムシン――また一つ、倒した。

その調律《ちょうりつ》を実験に利用すべくやって来た教授——また一つ、倒した。

人形は、全て倒れていた。

その最初の一つを、指先で転がして思う。

(こいつさえいなければ、事態は変わっていたのでありましょうか)

全ての出来事は、〝狩人《かりうど》〟フリアグネ——恐るべき奸智《かんち》と力量を誇った〝王〟の企《たくら》みからの連鎖《れんさ》反応、と言えなくもなかった。

決して理屈《りくつ》で説明できないわけではない、不確定《ふかくてい》要素も偶然として含み得る流れ。

(しかし)

ごく稀《まれ》に、偶然の影には、それだけではない理由が、隠《かく》れている。

騒動《そうどう》を引き寄せ、波乱の因果《いんが》を導き、激突《げきとつ》に収束させる、恐るべき『時』の勢いが。

フレイムヘイズと〝徒《ともがら》〟は、それを『闘争の渦《うず》』と呼んでいた。

「もし……」

ヴィルヘルミナは恐れから、やや乱暴に、人形を一つ塊《かたまり》としてかき集める。

この渦が、『零時迷子《れいじまいご》』という運命の磁石《じしゃく》を核に、一人の〝紅世《ぐぜ》の王〟を——否、一人の女を引き寄せることを、彼女は恐れていた。

結果を見て初めて、そうなっていた、と気付かされる時流の焦点。

引き寄せられている間は、容易にそこが死地であると知れない場所。

必然のように偶然が重なり、偶然の重なりが必然を作る因果の蟻地獄《ありじごく》。

起きること全てが熾烈《しれつ》な戦いと悲しい別れになってしまう、悲壮《ひそう》の戦場。

そんな場所で、彼女はかつて戦ったことがあった。

誰もがたまたま居合《いあ》わせ、必然のように集い、嚙《か》み合わざるを得なかった。

その都市は、『大戦《おおいくさ》』の始まりの地として知られる都市で……今は、すでに無い。

奇しくもこの街とは、『都喰《みやこく》らい』というキーワードで繫《つな》がっている。

「もし、ここが……現代のオストローデだとしたら……」

「仮説不毛《ふもう》」

パートナーの冷静な声の端《はし》にも、在《あ》り得《え》ない偶然が避け得ない激突を引き寄せる、そんな悪《お》寒《かん》の色が見え隠れしていた。

彼女ら、『万条の仕手《ばんじょうのして》』と〝夢幻の冠帯《むげんのかんたい》〟はともに、偶然に隠れて忍び寄ってくるものの恐ろしさを、苦《にが》く辛《つら》い実体《じっ》験として知っていたのである。

（仮説、ではありますが……）

もう一度ヴィルヘルミナは考える。

御崎《みさき》市に到来した者らの中に、怖気《おぞけ》を誘う共通項《こう》を持った者が、二人ばかり混じっている。

言うまでもない、共通項とは、この世に在る最大級の〝紅世の徒《ぐぜのともがら》〟の集団［仮装舞踏会《バル・マスケ》］であり、二人とは、〝千変《せんぺん》〟シュドナイと、〝探耽求究《たんたんきゅうきゅう》〟ダンタリオン教授である。

塊《かたまり》の中から、人形を二つ取り出して、また立て直す。

シュドナイは［仮装舞踏会《バル・マスケ》］の最高幹部『三柱臣《トリニティ》』の一柱《いっちゅう》たる将軍。

教授は重要機密《きみつ》の研究に携《たずさ》わっていた（と自分で堂々とバラしている）客分《きゃくぶん》。

いずれも無視して良いほど軽い存在ではない。

（しかし）

他者の依頼を果たすことに喜びを見出しているというシュドナイは、長く組織には寄り付いていないという。教授の方も、［仮装舞踏会《バル・マスケ》］だけに協力しているわけではなかった。

彼女が思い煩《わずら》っている『零時迷子《れいじまいご》』に関する陰謀《いんぼう》に関わっているというのなら、なぜシュドナイは、その存在に十分気付き得る事態、坂井悠二《さかいゆうじ》を前に、さっさと逃げ出したのか。教授の方は……その時点での気分と興味次第《しだい》なので、とりあえず考えるだけ無駄《むだ》である。

立てた人形を、また倒そうとする。

（不確定《ふかくてい》なことが多すぎて、事態を捉《とら》えきれない）

人形の頭を指先で押さえ、倒れるか倒れないかというバランスで、眺《なが》める。

（しかし）

とまた思う。

これら、不確定な全てを包含《ほうがん》してなお、ヴィルヘルミナに恐れを抱かせるだけの女が、［仮装舞踏会《バル・マスケ》］には存在する。なにを裏で操《あやつ》っていてもおかしくない、この世で最も敵に回したくない〝紅世《ぐぜ》の王〟――〝逆理の裁者《ぎやくりのさいしや》〟ベルペオル。

この鬼謀《きぼう》の持ち主は、事態の把握を妨《さまた》げる最悪のベールだった。なにを企《たくら》んでいてもおかしくない、しかしだからこそ、行動するためには全てを疑うわけにはいかない、そうして動くことが結局、彼女の掌《てのひら》の内ということもある……まるで呪《のろ》いのような女だった。外界宿《アウトロー》の的確な襲撃《しゆうげき》などは、いかにも彼女が指示しそうな、策謀《さくぼう》の前触《まえぶ》れに見える事件である。

（あの〝銀〟のことも、まさか）

と疑うことが彼女の思う壺《つぼ》なのだろう、と分かっていても、全てを結びつけて恐れの影を大きくしてしまう。現状では、関連性はほとんど見えないのだが……。

「あの銀の炎《ほのお》について、『弔詞《ちようし》の詠《よ》み手《て》』に伝えるかどうか、〝天壌《てんじよう》の劫火《ごうか》〟から判断を任されてはいるのでありますが」

「軽挙厳戒《けいきよげんかい》」

ティアマトーが、迂闊《うかつ》な行動への釘《くぎ》を刺した。

ヴィルヘルミナも迷っている。指先で、人形がカタンと倒れた。

「……」

転がる人形を見て、また考える。

彼女は、マージョリーに呼び寄せられる際、その仇敵《きゆうてき》たる〝銀〟についての情報を可能な限り集めるよう頼まれていた。収集に当たっての前《まえ》情報として、マージョリー自身のことやラミーの語った内容についても（一体どういう心境《しんきょう》だったのか）余さず説明を受けている。

坂井悠二《さかいゆうじ》が現した炎《ほのお》の件は、あの女傑《じょけつ》の闘志の根源を刺激《しげき》するに違いない。どころか、下手《へた》をすると、理性の箍《たが》すら外しかねない。軽々《けいけい》に伝えるのは憚《はばか》られた。

知らない誰かの手によって、遠巻きに事態を動かされている――そんな、嫌な感覚がある。動かしている者がベルペオルであるにせよ、あるいは別の誰かであるにせよ、今のところは情報が少なすぎて動きようがなかった。

「とはいえ、黙ったままというわけにもいかないでありましょう。少しずつでも、冷静に話せるかどうか、探りを入れてみる必要があるのであります」

「要慎重《ようしんちょう》」

ヴィルヘルミナは頷《うなず》き、一枚の報告書に目を向ける。

「渦《うず》の中心に『零時迷子《れいじまいご》』がある……〝ミステス〟破壊による無作為転移《むさくいてんい》を行えば、この大きな企《たくら》みを野放《のばな》しにする、あるいは見失ってしまうとなれば、やはり、今少し各方面の情報を収集、分析《ぶんせき》し直すしかないようであります。〝銀〟が関わっているのであればなおさら、『弔詞《ちょうし》の詠《よ》み手《て》』自身のためにも、その協力を仰ぎたい……」

言葉を切って、マージョリーに見立てた人形を、塊《かたまり》の中から拾い出した。

「支持」

ティアマトーも、ようやく同意した。

ヴィルヘルミナは再び、取り分けていた報告書の文面に目を落とす。

世界の各地で、数十人からのフレイムヘイズが奇妙《きみょう》な自在法《じざいほう》らしきものに接触した、という内容である。地域も時刻もバラバラ、一人一人にかけられるタイプ、軽い探知とも検査とも思える感触《かんしょく》、目的不明《ふめい》、と記してあった。

新たな人形を一つ、ヴィルヘルミナは手にする。

(彼女だ)

数年共に世界を放浪《ほうろう》した彼女は知っている。

接触による永続的な探査《たんさ》、足を運ぶ出口……彼女の自在法『風《かぜ》の転輪《てんりん》』に違いない。

(やはり、当然、彼女は諦《あきら》めていない……今も『零時迷子《れいじまいご》』を、探している)

報告書の文字を追う度に、伸ばした背筋《せすじ》が心底からの恐怖に冷える。

今にも彼女が、風の巻くように立ち現れるかもしれない。

この御崎市《みさき》という『闘争の渦』に引き寄せられて。

愛するヨーハンを求めて、何も知らぬまま。

(お願いだから……来ないで、フィレス)

ヴィルヘルミナはただ、願っていた。

ティアマトーが、短く言う。

「人形」

「――あっ」

知らず、手に持った人形を握り潰《つぶ》していたことに気付き、ヴィルヘルミナは慌《あわ》てた。

家の台所で、
ジョギングから帰った青年が、
妹から麦茶のコップを受け取った。

御崎《みさき》高校は、清秋祭《せいしゅうさい》の始まりを迎えつつある。

各所で生徒が準備に忙しなく動き回り、スピーカーからはテストのようにぶつ切りの音楽が流れ、またときには連絡を求めて呼び出しが行われている。校舎とその周囲《しゅうい》全体が、開催の時を今や遅しと待っていた。

その中、一年生たちは早朝から始めた各模擬店《もぎてん》の本格的な設置を終え、いよいよ教室に戻って、パレードの支度《したく》にかかる。一年二組の生徒も、泊り込みのときと同じように、男子は一組、女子は二組へと固まって着替えを始めた。

「お待たせ!」

その二組の教室に、緒方《おがた》が飛び込んできた。

「おっそーい」

「なにやってんのさ、オガちゃん」

「早くしないと、集合時間になっちゃうよ」

教室中から文句が湧《わ》く。

「ごめんごめん、部の方でやるお店の準備、手間《てま》取っちゃってさ」

言いながら、教室の隅《すみ》に置かれた自分の大きなバッグへと駆け寄り、威勢《いせい》よくジャージの上着を脱ぐ。その下はスポーツブラだけである。

「でもまー、私の場合は犬のトトだし、そんなにお化粧《けしょう》とか要《い》らないでしょ。準備の時間なんかも少なくて済むかなー、って」

ズボンも放り落とすと、バッグから制汗スプレーと、犬の衣装《いしょう》の中で着るためのスパッツを取り出す。

「開き直りは潔《いさぎよ》くないよー、ほい」

藤田《ふじた》が文句を言いつつも、緒方の着る犬の衣装を持ってきた。

スプレーを軽く吹く傍《かたわ》ら、緒方は受け取る。

「あんがと。シャナちゃんと一美《かずみ》は？」

クラス副委員たる少女は、眼鏡《めがね》のブリッジをクイ、と上げて、自信の笑みを浮かべる。

「ふふふ。ベスト仮装賞はいただき、ってとこ」

「どーれどれ……」

緒方《おがた》は、藤田《ふじた》の肩越しに教室の奥を見る。

手作りと分かってなお整然と並ぶ年表、モノクロからカラーまでとりどりの写真、小さいながらも細工《さいく》の凝《こ》った立体地図や適所に立てられた説明用のポップ等々、研究発表のため一人の少女の主導の元、揃《そろ》えられた資料の前に、

「……うわお」

感嘆《かんたん》の声を受けるに相応《ふさわ》しい、見事な花が二輪、咲き誇っていた。

シャナが纏《まと》うのは、ドロシーの衣装《いしょう》。

丈《たけ》の短めな赤いワンピースである。頭にも同色の大きなリボンを載せ、控えめに添えられた襟元《えりもと》や袖口《そでぐち》の白いフリルも、色合いとして見事なアクセントとなっている。一種デフォルメされた少女の可愛《かわい》らしさが、その全面に現れていた。

吉田《よしだ》が纏うのは、ジュリエットの衣装。

水色を基調に、レースとアクセサリーを程《ほど》よく配したドレスである。演劇部ではお姫《ひめ》様のものとして頻繁《ひんぱん》に代用されるため、様式《ようしき》などに特別なこだわりはないらしい。上半身のラインが綺麗《きれい》に出る、まさにヒロインのための装いだった。

シャナは鏡の前に立たされ、周りの生徒がリボンの角度について喧々囂々《けんけんごうごう》騒いでいる。

「こんな上にしたら、頭に花咲いてるみたいで間抜《まぬ》けじゃん」

「後ろ過ぎたら、重みでずり落ちるんだって！」

「……どっちでもいいから、早くやって」

文句を言いつつも、シャナは鏡の中の自分をじっと見つめていた。

吉田《よしだ》は、この点では一目置《いちもくお》かれている中村《なかむら》に、最後のメイクを施《ほどこ》してもらっている。

「中村さん、私、あんまりお化粧《けしょう》とか、似合《にあ》わないんだけど」

「だーめ。ナチュラルメイクだと、パレードのとき目立たないでしょ？」

「め、目立つのも……ちょっと」

困った風《ふう》に言う彼女を、周りが姿勢を正すよう言い、気合を入れさせていた。

衣装《いしょう》合わせ自体は、当然何度《なんど》かやっていたが、本式でおめかしした二人を皆が見るのは、これが初めてのことである。誰もが、自分たちの代表たるに相応《ふさわ》しい姿に見惚《みと》れていた。

一組の女子『クラス代表』である、小柄《こがら》な赤ずきん役の西尾広子《にしおひろこ》、背の高いお婆《ばあ》さん役の浅《あさ》沼稲穂《ぬまいなほ》も、しきりに感心している。

「やっぱり二人とも綺麗《きれい》だねえ、稲穂ちゃん」

「さすがってとこかしら。こりゃ婆さんでなくても勝ち目ないわ」

緒方《おがた》は腕を組んでもっともらしく頷《うなず》いた。

「うーん。結局、あの二人が適任だったか」

藤田《ふじた》が笑って続ける。

「犬の方に目立たれるジュリエットとかドロシーとかだったら、ちょっとフォローきかない悲《ひ》惨《さん》な光景になってただろうね」

「なんか言った？　それより早く着替えたら」

「ぶー」

緒方は、膨《ふく》れっ面《つら》の上から、自分の衣装を被《かぶ》った。

飾られた校門の前で、

梯子《はしご》に乗った妹が、

反対側の少年と一緒にゲートの白幕を外した。

今日と明日だけは、授業が始まる時刻になっても、チャイムは鳴らない。

この瞬間、生徒らにとって、御崎《みさき》高校は完全なる異空間《い》となった。正門を極彩色《ごくさいしき》でデコレートして聳《そび》えるゲートに、幕を外された文字が、墨痕《ぼっこん》鮮やかに掲げられている。

大きく三文字、『清秋祭《せいしゆうさい》』——生徒たちの祭りが、始まる。

そこから狭いグラウンドを挟んだ対面、玄関ホールの中に、開催の先触《さきぶ》れとなるパレードの主役たち、仮装した一年生たちがすし詰めに集合していた。

全員が、自分の役名とスポンサーである商店街の店名を目立つ書体で書いた看板《かんばん》を担《かつ》いでいる。派手《はで》な衣装《いしよう》の群集と俗っぽい看板の林立《りんりつ》は、なんともシュールな眺《なが》めだった。

その頭上、吹き抜けになっている玄関ホール二階の踊り場から、体育教師が拡声器で声をかける。

「テス、テス」

生徒たちの間から、僅《わず》かに囃《はや》す声や口笛《くちぶえ》が鳴る中、もう一度言いなおす。

「ゴホン……よーし、聞け！　みな、事前に配ったプリントに書いてあった巡回コースは、ちゃんと覚えただろうな？」

「ウィース！」「はいさ！」「おまかせー」

各所で返答が上がった。普段はバラバラでいい加減《かげん》な生徒たちも、今日ばかりは明るくも真剣である。自分たちの楽しみに勤《いそ》しむ分には、彼らは労力を惜しまない。

聞く中には、ジュリエットと同じく水色を主体にした、ロミオ姿の悠二《ゆうじ》がいる。

「最後に、パレード順路のおさらいだ。忘れた奴《やつ》はちゃんと聞いとけよ。まずはグラウンドを一周する」

麦藁帽《むぎわらぼう》に藁屑《わらくず》を詰めた襤褸《ぼろ》の服、背中と両腕を棒で通した、案山子《かかし》姿の池《いけ》もいる。

「次に正門を出て、塀沿《へいぞ》いに商店街へと回る。商店街を抜けたら、大通りに出る。南側の歩道を御崎市《みさきし》駅まで行進し、駅前広場で北側の歩道に渡る」

銀色の三角帽子《ぼうし》にドラム缶状の体、斧型《おのがた》の看板斧を担いだ、木こりの佐藤《さとう》もいる。

「あとは行きと同じ、歩道を逆進《ぎゃくしん》して帰ってくる。で、校庭をもう一周して、お開きだ」

大きく広がる新品の鬣《たてがみ》と古びた体の着ぐるみがミスマッチな、ライオンの田中《たなか》もいる。

「注意事項は、次の四つ。生徒会長の前に出るな。勝手に通りを渡るな。通行人が間を通りたそうにしていたら道を空《あ》けろ。横に広がらず、縦《たて》に長く行進しろ。以上だ！」

体育教師は、要点を簡便《かんべん》明快に伝え終わると、後ろにいた生徒会長へと拡声器を渡す。

ペコンと体育教師にお辞儀《じぎ》してから前に出た会長の格好《かっこう》は、全身《ぜんしん》緑色の帽子と衣装で固めた、いわゆるピーターパンである。三年生の生徒会長による『卒業《ネバーランド》したくない』という意地の悪いジョークを込めた、伝統の扮装《ふんそう》だった。

「あー、あー、一年生諸君」

丸顔《まるがお》にがっしりした体格という、ピーターパンよりはフック船長の子分あたりが似合《にあ》いそうな生徒会長は、厳《おごそ》かな面《おも》持ちで口を開く。

「我が清秋祭は、県下でも有数《ゆうすう》の大きな学園祭と言われている。母校と協賛されている商店街の皆さん、引いては御崎市という地域社会そのものの評判を高め、伝統を重ねてゆくよう、各人奮励《ふんれい》の上、堂々先陣《せんじん》を切る行進をしてもらいたい」

と、一拍置いて突然、

「ってな建前は置いて――お前たちが主役だぞ、気張れよ!!」

大声で檄《げき》を飛ばした。

一瞬遅《おく》れて、

『――ワアッ――!!』


と玄関ホールに歓声が爆発する。

その声の津波《つなみ》の中、会長とともに、腕に鉤《かぎ》を着けた痩《や》せっぽちのフック船長や、背が高くて羽根の小さなティンカーベルなど、仮装した役員たちが階段を足早に降りてくる。

ほどなく、ホールの出口に立った会長がホイッスルを鳴らして先導《せんどう》し、応えて一年生『クラス代表』たちが急《せ》くような足取りで、諸共《もろとも》に校庭へと溢《あふ》れ出す。

御崎《みさき》高校清秋祭《せいしゅうさい》の開会を告げる、仮装パレードの始まりだった。

グラウンドの端《はし》で、

パレードの行進を眺《なが》めていた少年が、クラスメイトの少女に手を引かれていった。

パレードに参加する『クラス代表』以外の一年生の生徒は、玄関ホールと校庭の間に居並《いなら》んで、人垣《ひとがき》による長い通路を作り、自分たちの代表を待ち構えていた。

溜《た》め込んでいた期待が、ようやくの登場に湧《わ》き立ち、声となって弾《はじ》ける。

「お、来た来た！」

「うひょー、派手《はで》だなー」

「シャーナちゃーん！」

「うお、可愛《かわい》い、誰あの子？」

「頑張《がんば》れよー、イナホばあさん！」

「やっぱ黒田《くろだ》、綺麗《きれい》じゃん」

「ちょっとケバいけどな」

「すげー、俺パレード初めて見た」

口々にさんざめく同級生の視線と声援と熱気の間を、代表として選ばれた綺麗どころたちが仮装して通り抜ける。まだパレードの全体には、緊張《きんちょう》や照れがあって、足取りは固く縮こまっているようだった。

と、その行列が一年生たちの作る通路の中ほどに差し掛かったとき、最前列《さいぜんれつ》に立っていた生徒会役員たちが、クラッカーをパン、と鳴らした。

途端《とたん》、
ババババババババババババン、
と通路の人垣《ひとがき》が両脇から、運営委員から手渡されたクラッカーをパレードへと、一斉《いっせい》に放っていた。驚く間もなく、耳をつんざく軽い破裂《はれつ》音の連射《れんしゃ》、さらには紙吹雪《かみふぶき》と薄くて細いテープが舞い上がって、『クラス代表』たちに振りかかる。

不意討《ふいう》ちを受けたパレードが面食《めんく》らい、思わず肩をすくめる上に、校内放送で校歌を行進曲にアレンジしたお定《さだ》まりの音楽が大音量で流れ始めた。このクラッカーによる洗礼は、驚きで一旦《いったん》真っ白にした気持ちを、改めて非日常の行為で盛り上げるために行われる、恒例《こうれい》の出初式《でぞめしき》だった。効果の程《ほど》は、いつしかパレードの足取りが、規則正しく意気揚々《ようよう》としたものに変わっているところに表れている。

程なく、先頭の生徒会長がグラウンドのトラックに差し掛かった。

その周りには、模擬《もぎ》店を背にした上級生や教師、近所の商店街の人たちが詰め掛けて、ベスト仮装賞の候補を絞《しぼ》り込んだり、単純にパレードへの声援を送ったり、後輩《こうはい》を見つけてからかったり、自分の店の看板《かんばん》を見つけて喜んだり……それぞれが、それぞれのやり方で、一年生たちを囃《はや》し立てる。

流れる大音量の曲目も、校歌が終わるとポピュラーな運動会風《ふう》、メジャーなポップスなど、適当なナンバーへと変わっているが、もうこの頃には、行進している面子《めんつ》の高揚《こうよう》状態はできあがっている。誰もが胸を張り足を踏み鳴らし、取り巻く観衆に応え、手にした看板を大きく掲げて、自分の今ある立場を楽しむ。

楽しんで、彼らはパレードの本番である校外へと繰り出す。

模擬店の脇で、

開店の用意を始めた少女に、

教師が印刷されたビラの束を手渡した。

開会パレードは、ゲートを潜《くぐ》るとすぐ塀沿《へいぞ》いに回り込み、脇道《わきみち》に入ってゆく。住宅地から大通りへと出る支道の一つであるそこは、両横に店々が軒《のき》を連ねる商店街である。雨避《あまよ》けのアーケード天井こそないが、同じ様式《ようしき》の街灯が間隔《かんかく》狭く立ち並んで、雑多《ざった》な店の並びに回廊《かいろう》としての統一感を与えている。その街灯には、学校にある手書きのそれではない、プロの仕事と一目で分かる『御崎《みさき》高校清秋祭《せいしゅうさい》』の垂れ幕や幟《のぼり》が掲げられている。新しいものと古いものが混じっているのは愛嬌《あいきょう》というところだった。

毎年の恒例《こうれい》として、パレードが真っ先に訪れる順路たるこの商店街にも、道の真ん中を空《あ》けた観衆が待ち構えている。

「おっ、学生諸君の到着ですぞ」

「ふむ、時間通り。結構《けっこう》結構」

住宅地のど真ん中に位置する御崎高校は、周囲を押し詰められるような狭い敷地《しきち》に建っている。商店街は、その塀沿《へいぞ》いの脇道《わきみち》に中小の軒先《のきさき》を連ねており、学校や住宅とともに、駅前とは違う一つの生活圏としての姿を見せている。

ゆえにと言うべきなのか、御崎高校は伝統的に清秋祭を商店街込みで開催していた。

つまり、開催期間である土日に合わせて、商店街も大バーゲンセールを行うのである。

この二日間は、狭い校内だけでなく、学校の塀沿いから商店街までが模擬《もぎ》店や各種イベントのスペースとして開放され、お祭り気分を盛り上げるだけではない、その一部として機能することになっている。プロによる露店《ろてん》を原則的に禁止している点が、市《し》主催のミサゴ祭りとの大きな違いだった。

観衆の中から首を突き出していたレコード店（看板《かんばん》がそのままなだけで、実質はCDショップだが）の店主が、パレード到来を確認して、後ろに控えていた女房《にょうぼう》に声をかける。

「よし母《かあ》さん、レコードかけて！」

「はいよ！」

商店街用のスピーカーから、校内と同じように音楽が溢《あふ》れ出した。チョイスはやや渋い、と言うより古いが、行進のノリを助けるには十分に役立つ。

中途半端《ちゅうとはんぱ》に広くて狭い商店街の道を、がっしりした丸顔《まるがお》ピーターパンを先頭に、さまざまな格好《かっこう》に扮《ふん》し、とりどりの色を飾った生徒たちが進んでくる。

清秋祭とバーゲンセール、双方《そうほう》の飾り付けで賑《にぎ》やかしい商店街には、すでに周囲の住宅地から大勢《おおぜい》の客が集まっている。特価品《とっかひん》放出の制限時間は、やや早めに設定されているため、パレードが出る頃には既に人だかりとなっているのである。

「ああ、もうそんな時期か」

「これ見ると、秋って感じですねぇ」

「ママみてー、みどりいろのけーわん！」

「違うのよ。あれは……」

自然と広がる道の中、開会パレードは商店街の中を音楽に乗って進んでゆく。

ところで、清秋祭運営委員として協賛《きょうさん》している（具体的には、全体の運営資金《しきん》から、模擬店やパレードの衣装《いしょう》代などのスポンサーをしている）商店主らにとって、このパレードは、ただ眺《なが》めるだけではない、もう一つの楽しみがあった。

魚屋の親父《おやじ》が、先頭から三人目にそれを見つけて、大声で叫ぶ。

「松岡《まつおか》！　頑張《がんば》れよ！」

「へいへーい！」

答えて、鼻に棒をつけてピノキオに扮《ふん》した少年が、担《かつ》いだ看板《かんばん》を高く掲げた。

さらに、レコード店の夫婦が。

「哲《てつ》っちゃーん！」

「しっかり宣伝頼《たの》むよー！」

「はいよー」

と答えたのは、黒い張りぼてである。看板の役命には『アリ』と記されている。演目《えんもく》は『アリとキリギリス』らしい。

このパレードは、協賛《きょうさん》の商店主が、それぞれ宣伝のための看板を持たせる仕組みになっている。普通は生徒の側からお願いするか、運営委員会が割り振るかで決まるが、客に目ぼしい当てがある場合は、商店主の側から頼み込む。

その一つ、パン屋の老《ろう》主人が、目当ての少女の姿を認めて手を振った。

「シャナちゃーん、楽しんでるかー!?」

四人の家来《けらい》を引き連れるような、威風《いふう》辺りを払う少女が堂々、かざす看板で天を突き上げ、行進してきていた。相も変らぬ、観衆が知らず一斉《いっせい》に嘆声《かんせい》を漏らすほどの、尋常《じんじょう》ならざる存在感と貫禄《かんろく》……だけでは、なかった。

どういうわけか、今日の彼女には、喜びと楽しさ、可愛《かわい》らしさが満ち溢《あふ》れていた。

「うん……賑《にぎ》やかで、楽しいね」

僅《わず》か呟《つぶや》いて返す、常の凛々《りり》しく整った容貌《ようぼう》にも、一つの表情がある。老主人だけではない、周りの観衆まで虜《とりこ》にしてしまう、それはあまり自然で可憐《かれん》な微笑《ほほえ》みだった。赤いワンピースと大きなリボンが、まさに花のように咲いている。

パレードが通り過ぎた後、

「どど、どーだ、ウチのシャナちゃん、良かろーが!?」

と年甲斐《としがい》もなく浮かれはしゃぐ老主人に反論する者は、一人もいなかった。

また別の一つ、八百屋《やおや》の店主が呼びかける。

「いよーっ、一美《かずみ》ちゃん！　お似合《にあ》いだぜ！」

その声と、周りに沸《わ》く明るい笑いは、パレードの中にまで届いていた。

吉田《よしだ》は気恥《きは》ずかしさに身も縮まんばかりだった。色合いを同じくするロミオの悠二《ゆうじ》に、付かず離れずの位置で寄り添う。もちろん、公衆の面前で大胆《だいたん》にくっ付くような真似《まね》などできるわけもない。

「えっ？　そ、そんな……」

そのはにかむ姿と、着飾れば着飾った分だけ映える柔らかな容貌《ようぼう》が赤らむ様《さま》は、見る側の頬《ほお》をも染めさせる。それでも律儀《りちぎ》に、看板《かんばん》だけは良く見えるよう高く掲げているのが、看板に書く決まりとなっている自分の役名を小さく書いてあるのが、彼女の彼女たる所以《ゆえん》だった。

八百屋《やおや》の店主は、

「途中で倒れなきゃいいんだがなあ」

と少女の逆上《のぼ》せ上がった姿から、つい心配してしまっていた。

パレードが商店街の反対側から抜け、大通りに回る頃になると、通りすがりの客はバーゲンで掘り出し物を探そうと再び歩き始めるが、声援を送っていた商店主たちは、その場に立ったまま、紙とペンを手に思案顔《しあんがお》となる。

彼らが手にしている紙は、この日の夕方に発表されることとなっている、ベスト仮装賞の投票用紙だった。御崎《みさき》高校の生徒の他に、協賛《きょうさん》者たる商店主らにも、その投票権《けん》が与えられているのである。

男女各二票ずつ、計四票の割り振りで、原則として自分の商店を宣伝してくれた少年少女には無条件で投票することになっている。つまり、残る二票が、実質上の人気投票となる仕組みだった。

商店主たちは、看板に掲げられていた役名を思い出したり他に訊《き》いたりして、各々《おのおの》名前を投票用紙に書き留めてゆく。

「えーと、赤ずきんの猟師《りょうし》、と……」

「あの青いドレスの子は、なんて童話《どうわ》でしたかな？」

「今年はなかなか豪勢《ごうせい》でしたねえ」

「会長君《くん》には入れられんかったんかいのう？」

さらに、自分の看板役者を誇る者、他所《よそ》のそれを羨《うらや》む者、誰に入れるか悩む者、話し合って決める者、四票まとめて入れてあげる者、投票模様《もよう》は人それぞれである。

清秋祭《せいしゅうさい》は、協賛者である彼らにとっても一緒になって楽しむイベントなのだった。

正門の前で、
ビラを配っていた少女が、
通りすがりの主婦に一枚、手渡した。

御崎市は、南北に走る大河・真南川《まなながわ》で東西に分かれた形をしている。

西部が御崎高校や商店街、坂井《さかい》家のある住宅地、東部が御崎市駅を始めとする都市機能《きのう》の集中した市街地、という露骨《ろこつ》な分かれ方である。この東側の北、真南川沿いに、旧《きゅう》地主階級《かいきゅう》の人々が集住する『旧住宅地』と呼ばれる区域があった。

佐藤啓作《さとうけいさく》の家は、その中でも指折りの旧家《きゅうか》として、広大な敷地《しきち》と邸宅《ていたく》を構えている。

その庭も、狭くは枯山水《かれさんすい》から、広くは茶室《ちゃしつ》や東屋《あずまや》を備えた日本庭園まで、とりどりの様式で四季を楽しませる造りとなっている。

今、その一部……自生《じせい》していたものを植樹《しょくじゅ》したという、生育のため幹の形もそぞろに崩れた大きなイロハモミジの下で、フレイムヘイズ『弔詞《ちょうし》の詠《よ》み手《て》』マージョリー・ドーが朝寝朝酒《あさねあさざけ》と洒落《しゃれ》込んでいた。

透き通るように鮮やかな、しかし派手《はで》では決してない艶《あで》やかな紅葉《こうよう》を伊達眼鏡《だてめがね》に映し、太い根を枕《まくら》に瞑目《めいもく》する、西洋系の美女。持てる線の強さ、存在感の大きさと合わせて、写真に撮《と》ればすなわち名画、という風情《ふぜい》である。

手足を大きく放り出した寝相《ねぞう》の悪さと、周囲に散らばる酒瓶《さかびん》さえなければ。

居候《いそうろう》とは思えない、ふてぶてしさに溢《あふ》れた姿態《したい》だった。

と、

「……はい、ミス・ドーはあちらに」

その耳が、聞き慣れたしゃがれ声を捕らえた。佐藤家に古くから仕えていたという奉公《ほうこう》人、今はハウスキーパーと役職名だけを変えた、物静かで有能な老婆《ろうば》のものである。

次に、

「いささか以上に詰まらぬ物にて心苦《こころぐる》しゅうありますが、どうぞ御《ご》奉公衆《しゅう》の皆様方《がた》でお召し上がり頂きたく」

謹直《きんちよく》かつ古臭《ふるくさ》い物言いをする、女性の声が。

「いつもいつも、お心遣《こころづか》い頂きまして……」

さらに幾《いく》つかの遣《や》り取《と》りを置いて、老婆が去ってゆく気配。

やがて、芝を一定の速さと重さで踏み、近付いてくる足音が聞こえ始める。

木陰《こかげ》に入らない位置、数歩離れた場所でその音は止まり、再び謹直な声が。

「風流三昧《ふりゆうざんまい》でありますな、『弔詞《ちようし》の詠《よ》み手《て》』」

「樹下極楽《じゆかごくらく》」

もう一つ、さらに無愛想《ぶあいそう》な声を受けて、ようやくマージョリーは目を開く。

目を向けた先には、やはりフレイムヘイズ『万条《ばんじよう》の仕手《して》』ヴィルヘルミナ・カルメルが、常の鉄面皮《てつめんぴ》を見せ、立っていた。

木の幹に立てかけた、纏《まと》めた画板ほどもある本が、群青色《ぐんじよういろ》の火を僅《わず》かに吹いて声を出す。

「いよーう、お二人さん。狩りと言っても紅葉狩《もみじが》りだが、付き合うかい？」

軽薄《けいはく》な声の主は、マージョリーに異能《いのう》の力を与える〝蹂躙《じゆうりん》の爪牙《そうが》〟マルコシアス。本型の神器《じんぎ》〝グリモア〟に意思のみを表出させる〝紅世《ぐぜ》の王〟である。

寝起きに聞くには耳障《みみざわ》りな声に、僅《わず》か眉《まゆ》を顰《ひそ》めてマージョリーは半身を起こし、

「今日はなに？」

と簡単すぎる質問をぶつける。

「いえ」

ヴィルヘルミナは単なる反射の返事をして黙った。言葉を探す風《ふう》な面持《おもも》ちで、目線《めせん》を周囲の庭園へと泳がせる。

（？）

非《ひ》効率を嫌う彼女の奇妙《きみよう》な態度に、マージョリーはきな臭《くさ》さを感じた。

いつもの彼女……何か困ったこと、相談したいことがあるときの落ち着きのなさとも、単に酒を飲みに来たときの飄々恬淡《ひようひようてんたん》とした立ち現れとも違う。

迷って、恐れて、それでも黙ってはいられない、そんな姿だった。鉄面皮《てつめんぴ》を作っている割に隠《かく》し事が下手《へた》なのか、内に秘めた感情が大きすぎるから無表情の仮面を被《かぶ》っているのか。

（ま、どっちでもいーけど）

それより、用が聞けないこと自体にイライラする。いかんいかん、と思い直して、木の根に立てかけていた一升瓶《びん》を取り上げる。

「睨《にら》めっ子するくらいなら、一緒に飲む？　今、ライスワインに凝《こ》って……」

ヴィルヘルミナが口を開いた

「――」

――銀、という、

言葉になりきっていない声の端《はし》を耳にした、
その刹那《せつな》、マージョリーは形相《ぎょうそう》を一変させ、
バオッ、と周囲の芝生《しばふ》を群青色《ぐんじょういろ》の炎《ほのお》で焼き、
そして、いつの間にか立ち上がって、ヴィルヘルミナの胸倉《むなぐら》を掴《つか》んでいる。

「今、なんて言ったの」

隠しもしない尋問《じんもん》の声で、眼前の女から情報を搾《しぼ》り出そうとする。

チリチリと燻《くすぶ》る芝生の中で、二人のフレイムヘイズが至近で向き合う。はらり、と頭上に落ちてきたモミジの葉が、瞬時《しゅんじ》に群青色の炎に包まれ、灰も残さず消えた。

マルコシアスの声も、疑念《ぎねん》半分、剣呑《けんのん》半分である。

「おめえら、なんか掴《つか》んだのか？」

「……いえ」

ヴィルヘルミナは、ようやく鉄面皮の内から、声を絞《しぼ》り出した。

誤魔化《ごまか》しの、声を。

「ただ、外界宿《アウトロー》より送られてきた膨大雑多《ぼうだいざつた》な情報から、必要な事項を精査《せいさ》するため、より詳細《しょうさい》な説明を受けようとしただけであります」

「……」

マージョリーは沈黙《ちんもく》のまま手を離し、

「……そんなことで、今まで一度も自分から訊《き》いてきたことのねえ、奴の話を？」

マルコシアスは怪訝《けげん》の色も顕《あらわ》に訊いた。

再び黙ったヴィルヘルミナの代わりに、ティアマトーが言う。

「単純《たんじゅん》質問」

そのまま双方《そうほう》ともに、黙った。

視線だけが、交錯《こうさく》する。

モミジの葉が、また落ちて……燃えて、消えた。

御崎《みさき》市商店街で、
バーゲン品を見繕《みつくろ》っていた主婦が、
別の主婦に押された。

御崎市駅は数ヶ月からの復旧《ふっきゅう》工事を終えて、ようやくの通常運行を再会している。工事期間中は交通規制が布《し》かれて歩行者天国だった大通りも、元通り車を洪水《こうずい》のように流す往来《おうらい》に戻っていた。

その南側の広い歩道を、パレードの行列が練り歩いている。行進のノリを助ける、やや音割《おとわ》れして響《ひび》く音楽は、生徒会役員が交代で抱えるCDラジカセからのものである。

繁華街《はんかがい》とオフィス街を主とする市街地だと、さすがに彼らを見つめる視線は商店街に比べて数段余所余所《よそよそ》しい。が、それでも年に一度の祭りだと知っている者が、季節の風物詩《ふうぶつし》として眺《なが》め、僅《わず》かながら声援もあがった。

生徒たちは照れたり緊張《きんちょう》したりしながらも、看板《かんばん》を高く掲げて、広告としての一番の見せ場を大いに演出する。時折《ときおり》、初めて見る通行人に、これはなんの祭りか、と尋《たず》ねられる者も多かった。もちろん、各人懇切丁寧《こんせつていねい》に教えるのが決まりである。

市街地の大通りという飾り気の無い場所に突然現れた極彩色《ごくさいしき》の闖入《ちんにゅう》者たちは、それぞれの衣装《いしょう》を、あるいは自身を誇って行進してゆく。

白雪姫《しらゆきひめ》にピノキオが続き、オペラ座の怪人《かいじん》とアラジンが並び、ブレーメンの音楽隊の間をアーサー王が歩いている。ピカピカからボロボロまで、演出だったり本当に古かったり、行進は混沌《こんとん》の様《さま》を、むしろ誇って、見せ付けて、見入らせていた。

この中、『ロミオとジュリエット』に扮《ふん》する悠二《ゆうじ》と吉田《よしだ》が、僅か離れて『オズの魔法《まほう》使い』に扮するシャナら五人の姿がある。悠二と吉田は、ずっと付かず離れず。シャナらは、お忍《しの》びの姫君《ひめぎみ》とそのお付き、という風情《ふぜい》だった。

シャナの傍《かたわ》らを行く、ブリキの木こり姿の佐藤《さとう》は、大通りに入ってからずっと、キョロキョ

ロと落ち着きなく辺りを見回している。

「やっぱ、ムリだったかな」

何気なく漏らしたその一言だけで意味を理解して、

「姐《あね》さんか。今朝はどうだったんだ？」

ライオン着ぐるみの田中《たなか》が尋《たず》ねた。

佐藤《さとう》は斧《おの》に模《も》した看板《かんばん》を高く差し上げつつ答える。

「今朝、バーを覗《のぞ》いたらいなかった。早朝で、婆《ばあ》さんたちもまだ出勤してなかったから、場所訊《き》けなかった」

「そっか……っと!?」

肩を落とす田中の腕を、ドロシーの愛犬・トトに扮《ふん》した緒方《おがた》が取った。

「なにションボリしてんの。もっとシャキッとしなさいよ!?」

彼女の衣装《いしょう》は田中のようにダボダボな着ぐるみではなく、ミュージカルにでも使えそうな、分厚《ぶあつ》い生地《きじ》をフィットさせたタイプのものである。背が高くスリムな彼女には良く似合《にあ》っていた。カチューシャに付いた犬の耳も可愛《かわい》らしい。

「もしマージョリーさんがどっか遠くから眺《なが》めてたらどうすんの。『ああ、やっぱり格好《かっこう》悪い男どもだったんだな』って思われてもいいわけ？」

「うっ」

「むう」

「なにが、うーむよ。ホラ、元気出す！」

緒方《おがた》は、田中《たなか》だけでなく佐藤《さとう》の腕も取り、落とした肩を持ち上げるように揺すった。

「ねえ、池君《いけ》もなんか言ってやって……う」

振り返った先に、解《ほど》けかけた麦藁帽《むぎわらぼう》に襤褸《ぼろ》の衣装《いしょう》という、案山子《かかし》に仮装した池がいる。

緒方の絶句《ぜっく》を誘ったのは、連日の過労《かろう》によって、全体に疲労の色が顕《あら》わになっていたからである。案山子として背中と両腕を真っ直ぐに通した棒が、まるで磔《はりつけ》に遭《あ》っているかのような悲《ひ》壮《そう》感まで演出していた。

「へ、なんか言った……？」

常は気の利いた言葉で皆を諭《さと》すメガネマンが、ドロンとした目で見つめ返してくる。

「や、やっぱ休んでた方が良くなかった？」

緒方は冷や汗を浮かべて言うが、清秋祭《せいしゅうさい》の生贄《いけにえ》が如《ご》き少年は、ゆっくりと首を振る。

「せっかく女子の皆が仕立て直してくれた衣装《いしょう》だし……それに、帰ったら昼まで寝ててもいいって許可も貰《もら》ってるから」

「そ、そう。頑張《がんば》って、ね」

「本当に辛《つら》かったら言えよ……？」

「棒入《はい》ってっから、両側から担《かつ》いでやるよ、ハハ」

緒方と佐藤と田中、三者から立て続けに言われて、池は少しだけ笑い返した。

そこに、ずっと彼らの遣《や》り取《と》りを聞いていたのか、前を行くシャナが、

「あなたたち、『弔《ちょう》――』」

フレイムヘイズとしての称号《しょうごう》を言いかけて、それを知らない二人、緒方と池がいることを思い出し、もう一度、

「マージョリー・ドーを探してるの？」

事もなげに訊《き》いてくる。

緒方は軽く領《うなず》いて見せた。

「うん、まあ私も、いてくれたら嬉《うれ》しいけど……この二人の少年は、いないと死んじゃうくらいに思ってるみたい」

「なにが少年だ」

「オガちゃん……」

佐藤と田中がジトッとした視線で、自分たちの間にある少女を睨《にら》む。

緒方は堪《こた》えた様子《ようす》もなく、

「事実でしょー？」

と反論不能《ふのう》の言葉で少年たちの口を封じた。

それらの意見を聞いたシャナがもう一度、

「あそこにいる」

とあっさり言った。

「えっ、どこ!?」

「本当か!?」

「ぎゃっ!?」

慌《あわ》てた二人は行進の歩を交差させ、緒方《おがた》を挟み込んだ。

「ほら、ヴィルヘルミナも一緒」

シャナが鋭く指差したのは、大通り対岸の歩道。

「あっ!?」

「おお!?」

たしかに言うとおり、ドでかい本を右脇に抱えた壮麗《そうれい》の美女と給仕《きゅうじ》服の女性が、車道を挟んだ遠いガードレールの際に並んで立ち、こちらを見ている。

と、一度だけ、軽く挨拶《あいさつ》するように、

「!!」

「!!」

マージョリーが手を振ったのが、ハッキリと見えた。

「ッサンキュー、シャナちゃん!!」

「やったぜオガちゃん!!」

「んぎゃっ!?」

佐藤《さとう》と田中《たなか》は、なぜか緒方を両側から力いっぱい抱き潰《つぶ》した。

三人の様子《ようす》に、ほんの僅《わず》か、自分がどうすべきか考えてから、

「うん」

笑顔で頷《うなず》き返したシャナは、前を行く二人を見、その一人である悠二《ゆうじ》を見……そしてもう一度、二人のフレイムヘイズへと顔を向け、彼女らがそこにいる意味について考えた。

御崎《みさき》市商店街の服飾店で、
バーゲン品を選び終えた主婦が、
店主に万札を手渡した。

パレードの中でゴチャゴチャと揉《も》み合い、手を振り返してくる三人を遠目に見つつ、

「で、こうして付き合ってあげたんだから……」

マージョリーは隣《となり》に棒立ちする同業者に、顔を向けず、言葉だけを放る。

「少しは、話してくれるんでしょうね？」

なにを、とはあえて言わない。

ヴィルヘルミナは、まだ考えていた。対岸のパレードが通り過ぎて数分、流れ過ぎる雑踏《ざっとう》の端でさらに待たせて、ようやく口を開く。

「そのもの、の情報ではないのであります」

「まず聞かせて」

マージョリーの答えには、取り付く島もない。

「……」

半《なか》ば以上予想できたことだったが、鋭い感覚と知性を持つ凄腕《すごうで》の自在師《じざいし》『弔詞《ちょうし》の詠《よ》み手《て》』を相手に、迂闊《うかつ》な情報操作《そうさ》、半端《はんぱ》な交渉を持ちかけることは、やはり逆効果だった。

最初から、ある程度は事情を話そうと覚悟《かくご》していたが、いざその端緒《たんしょ》を嗅《か》ぎ付けた瞬間に燃え上がった彼女の戦意は、こちらの想像を遥かに超える、壮絶《そうぜつ》なものだった。情報を与えることが坂井悠二《さかいゆうじ》の身の危険に直結しかねない、そんな危惧《きぐ》すら抱かせるほどの。

とはいえ、もし敵との戦闘中に、坂井悠二があの銀の炎《ほのお》を見せるようなことがあれば、彼女がどんな行動に出るか……楽観《らっかん》など、到底《とうてい》できようはずもない。そのときに湧《わ》く彼女の驚愕《きょうがく》と激昂《げっこう》、秘密を隠《かく》していた自分たちへの憤怒《ふんぬ》は、今の比ではなくなるだろう。最悪の場合、坂井悠二を守ろうとする『炎髪灼眼《えんぱつしゃくがん》の討《う》ち手《て》』との戦いになってしまう。隠し続けることは、予期される火災を前に爆薬《ばくやく》を溜《た》め込んでゆく行為に等しかった。

（それにしても……）

幾《いく》らなんでも、言いかけた瞬間勘付《かんづ》かれてしまうという、自分の挙措《きょそ》の迂闊《うかつ》さ、大事なことが筒抜《つつぬ》けになってしまう習癖《しゅうへき》はどうにかならないものだろうか、と思う。数百年から生きていても、隠し事の下手《へた》なところが全く治らないことに、ヴィルヘルミナは自己嫌悪《けんお》を覚えてしまっていた。

一方のマージョリーも、そろそろ、我慢の限界が近いらしい。

「……で、返事は？」

平静を装った眉《まゆ》の端に、力が少しずつ入ってきていた。

ヴィルヘルミナはなにを説明するにせよ、まず彼女の怒りと憎しみを、できるだけセーブする状況を作るしかない、と判断した。

「では、お教えしましょう」

ともかくも情報を代価に、状況を作るための妥協《だきょう》を迫る……それが、今のヴィルヘルミナにできる、せめてもの抵抗だった。

「ただし」

「……なに？」

言われて、マージョリーは眉を顰《ひそ》めた。

「詳しい説明は後刻《ごこく》、〝天壌《てんじょう》の劫火《ごうか》〟と『炎髪灼眼《えんぱつしゃくがん》の討《う》ち手《て》』、それに『零時迷子《れいじまいご》』の〝ミステス〟も同席の場で行う、ということにして頂きたいのであります」

「後刻？　あいつらまで一緒に？」

「さんざ匂《にお》わせといて、なんで今さら勿体《もったい》つけるんでえ？」

暴走への予防線かと不審《ふしん》に思うマージョリー、単刀直入《たんとうちょくにゅう》に訊《き》くマルコシアスに、やや慌《あわ》てるような声で、ティアマトーがフォローを入れる。

「拙速禁物《せっそくきんもつ》」

「拙速は巧遅《こうち》に勝る、とも言うわよ」

マージョリーは馬鹿ではない。苛立《いらだ》ちは隠《かく》さないが、『万条《ばんじょう》の仕手《して》』の二人が、あまりにも遠回しな話を突き付けていることにも、不審《ふしん》を感じている。

（……よほど、危険ななにかってこと？）

（……みてーだな、我がせっかちな復讐鬼《ふくしゅうき》、マージョリー・ドー）

互いにのみ通じる、声なき声を交わすと、『弔詞《ちょうし》の詠《よ》み手《て》』はせめてもの腹いせと、ガードレールへと乱暴に腰を下ろす。相手からの情報のみに頼らない、自身の勘《かん》を利かせるために、目の前に棒立ちになる同業者の挙措《きょそ》、表情、声色《こわいろ》、雰囲気《ふんいき》、全てを凝視《ぎょうし》する。

「後刻って、いつよ？」

ヴィルヘルミナは、さらに考える。

もちろん、このパレードが終わった後、というのが一番近い区切りである。が、それは炎髪《えんぱつ》灼眼《しゃくがん》の少女の笑顔を見た今、酷《こく》なことであるように思われた。危険への予防とはいえ、自分のヘマ同然に、こんな事態になってしまったことへの引け目もある。

さらに、それら感情を排して考える。

『弔詞《ちょうし》の詠《よ》み手《て》』の頭は、時間とともに冷めるのか、それとも煮え滾《たぎ》ってしまうのか。今《いま》開かれている高校の祭りを、彼女を慕《した》う少年少女らを利用して、態度の軟化を誘引《ゆういん》することは可能か。意外《いがい》に冷静な彼女の相棒《あいぼう》の制止は、どこまで効くのか。

つらつら考慮《こうりょ》した結果として、言う。

「明日の夜で、どうでありますか」

つまり、清秋祭《せいしゅうさい》が終わった後、である。

「……遅いわね」

緒方《おがた》から祭りの日程を聞いていたマージョリーも、ヴィルヘルミナの言った意味を、そう言わせた心境《しんきょう》を、察する。察してなお、自分の求める情報を欲する。

「今すぐ聞きたい、って気持ちは、分かってくれないのね」

ヴィルヘルミナは沈痛《ちんつう》な面持《おもも》ちを僅《わず》かに表して、答える。

「分かっている、と言わせては頂くのであります。ここに連れてきた意味を、どうか理解して欲しいのであります」

ケッ、とマルコシアスがはき捨てるように言う。

「どえらくヒキョーな手だな、『万条の仕手《ばんじょうのして》』。我が情厚き《じょうあつ》保護者、マージョリー・ドーに、一番効果的な手を使いやがブッ⁉」

マージョリーが複雑な表情で〝グリモア〟を叩《たた》いた。

「ありがと、相棒《あいぼう》」

言ってまた突然、凄《すさ》まじい殺気《さっき》とともに飲み友達を睨《にら》みつける。

「情《じょう》にすがって時間を稼ぐ、ってわけね」

ヴィルヘルミナは、彼女には言い訳など通じないことを知っていた。だからただ、見つめ返し、今の自分に答え得る、最大の言葉で返す。

「重々《じゅうじゅう》、承知《しょうち》の上であります」

「理解召請《しょうせい》」

この二人がここまで言うこと、自分が飢えるよりも乾くよりも復讐《ふくしゅう》を求めていること、『炎《えん》髪灼眼《ばっしゃくがん》の討ち手《うちて》』と〝天壌の劫火《てんじょうのごうか》〟、二人の子分や吉田《よしだ》の喜び様《よう》、無邪気《むじゃき》に手を振る緒方《おがた》……

マージョリーは、全ての気持ちが全ての方向に綱引き《つなひ》するのを感じる。

「……」

ガキュ、と音を立てて、腰掛けていたガードレールの端《はし》が、細い指で握り取られた。

憤怒《ふんぬ》を表情の薄皮《うすかわ》一枚向こうに隠《かく》して、

「……ま、いいわ」

　声だけは静かに、言う。

「代わりに、明日の夜、ちゃんと教えてもらうわよ。知ってることは全部話す。文句も引き伸ばしも隠し事も一切なし。いいわね？」

　これが、最大限の妥協《だきょう》だった。

　開いた掌《てのひら》から、千切《ちぎ》り潰《つぶ》され小さな玉になったガードレールの鉄片が落ちて、ゴツン、と石畳《いしだたみ》を重く打つ。彼女が内に秘める熱量、力そのもののように。

　ヴィルヘルミナは、せめての感謝の形を示さんと、腰を深々と折り曲げる。

「感謝、するのであります」

　しかしマージョリーは、鉄をも握り潰した掌を前に出して、これを拒《こば》んだ。

「いいわ。話を聞いた結果次第《しだい》で、恨《うら》まれるかもしれないから」

「ま、明日の夜までジリジリ待つさ、ヒヒ」

　マルコシアスが誰に対してか、意地悪《いじわる》に笑って見せた。

　服飾店のレジで、
　店を掃除していた店主が、

運営委員に投票用紙を手渡した。

パレードが駅前を回り、行きと反対側の歩道を通って、御崎《みさき》高校まで帰ってきた。自前で鳴らす音楽に乗って、ゴチャゴチャガヤガヤと賑《にぎ》やかに、色とりどりの少年少女たちは最後の一踏《ひとよ》ん張りと足を上げる。

この頃にはもう、校内は学外からの来客でごった返していた。どこもかしこも人だらけで、人ごみのうねりは、まるで大海の渦《うず》のようにも見える。

他校の高校生や中学生、生徒の家族、通りすがりに興味本位《ほんい》で訪れた大人《おとな》、休日を安いレジャーで過ごそうという親子連れ、さらには学園祭と聞いて集まってくる物好きまで、様々《さまざま》な人々が普段入り慣れない校舎を校庭を模擬《もぎ》店を、探検し、遊び巡るためにうろついていた。

と、そこに校内放送が流れた。

「清秋祭《せいしゅうさい》運営委員からのお知らせです。ただ今、開会パレードが帰ってまいりました。最後に校庭一周のお披露目《ひろめ》を行いますので、投票用紙に未記入《みきにゅう》の方、ご見学の方は、是非《ぜひ》お誘い合わせの上、お越しください」

放送を聞いた生徒たちは最低限の店番だけを残して、校庭へと走る。

朝の準備で出発を見過ごした者が投票用紙片手《かたて》に、最後の晴れ姿を見ておきたいという者が徐《おもむろ》に、その数倍はあろうかという来客が一斉《いっせい》に、パレードの到着を迎えるため、グラウンドへと押しかける。

やがて、スピーカーが朝と同じパターンで曲を流し始め、正門のゲートから色も格好《かっこう》も取り鮮やかな行進が戻ってきた。観衆がトラックギリギリまで押しかけて首を伸ばし、目を皿にし、歓呼《かんこ》の声を張り上げる。

曲に乗って進む足取りは、さすがに疲労の極みということもあり、鈍く重かった……が、それも、最後の最後に大観衆の大歓声で迎えられて、次第に弾《はず》んでゆく。

観衆の内、生徒の方は、朝出発したときに目星を付けた格好いい男子と可愛《かわい》い女子についての噂《うわさ》が既に広まっているため、注目の度合いも騒ぎの規模も段違いに大きくなっている。一般の来客は無論《むろん》、新鮮な驚きと感嘆《かんたん》によって歓声を数倍にしていた。

「来た来た、ほら」

「あっ、あの子でしょ?」

「すげー、モデルみたいにピンシャンしてる」

「おいおい、噂よりずっと可愛いじゃん?」

パレードの中で、やはり一際《ひときわ》目立っているのはシャナである。

以前から知っている誰もが感じていたことだが、今日の彼女はとりわけ可愛い。その上、微《み》塵《じん》も揺るがず、疲れも見せず、凛々《りり》しさと華《はな》やかさを朝のままに、トラックを堂々《どうどう》行進している。目立たないわけがなかった。

そしてもう一人、見た目には特別派手《はで》なところのない少年が、衆目《しゅうもく》を惹《ひ》き付けていた。

「あれ、誰?」

「なんかカッコよく歩いてんじゃん」

「私たちん時なんか、みんなヘトヘトだったのにね」

「なんかさ、ちょっと良くない?」

坂井《さかい》悠二《ゆうじ》である。

疲労の色濃いパレードの中、やはり疲れを見せずしっかり歩く姿には、普段は欠片《かけら》もない静かな貫禄《かんろく》が漂っている。その上、ヨレヨレの池《いけ》に肩を貸していた。押しの弱い優しげな容貌《ようぼう》と力強い行動、溢《あふ》れる存在感というギャップが、見る者に自然な賛嘆《さんたん》を抱かせる。

悠二が先に立って歩き、シャナが後に続く……頑張《がんば》って歩いてきたパレードの、二人はまるで主人公だった。

「大丈夫か、池」

「あー……あんま大丈夫じゃない」

メガネマンも、さすがに今日ばかりはヒーローになり得ない。

悠二は支える手に、よりしっかりと、しかし強すぎないように力を込める。

自己の体を強化するための、〝存在の力〟を。

「吉田《よしだ》さんはどう?」

　もう一人、あまり体力のある方ではない、傍《かたわ》らの少女に尋《たず》ねる。

「はい、私は……それより、池君を早く休ませてあげないと」

　吉田は、疲れこそ隠《かく》せずにいたが、特別具合《ぐあい》が悪いというわけでもなさそうである。

　そのことに安堵《あんど》して、悠二は後ろを振り返った。

「シャナ、そっちの皆は?」

　訊《き》かれた少女は、なんということもなく答える。

「うん、賑《にぎ》やかで楽しい」

　その無邪気《むじゃき》な言い様《よう》に、悠二は思わず笑ってしまった。

「ち、違う違う、誰か具合の悪い人はいないかって」

　笑われて、シャナは逆にむくれた。その様《さま》すらも魅力的に輝かせ、答えはしっかり返す。

「疲労以上に健康状態の悪い者はいない」

　比較的体力のある佐藤《さとう》と田中《たなか》、緒方《おがた》にも、笑って答えるだけの余裕《よゆう》があった。

「つっても、さすがにバテたけどな」

「この衣装《いしょう》、暑すぎ……」

「ジュース欲しいよー」

　悠二はそれらの様子《ようす》を確認して頷《うなず》く。シャナ自身の具合について訊かないのは、彼女がこの程度でへバったりするわけがない、と分かっているからである。

シャナの方もそれを察して、なにも言い返さない。

（……？）

吉田《よしだ》は、以前の彼女なら自分を気遣《きづか》った悠二《ゆうじ》になにか張り合うようなことをしたのでは、と一瞬訝《いぶか》った。が、その不審《ふしん》の念を深く掘り下げる前に、行進が止まった。

「あ──」

パレードの先頭に立っていた生徒会長が、いつの間にかトラックの脇に置かれた演壇《えんだん》に上がっていた。服の襟元《えりもと》を開いて一息吐《つ》きつつ、ティンカーベルからマイクを受け取る。

「あー、あー、一年生諸君」

落ち着いた声とがっしりした体格は、やはりピーターパンには見えない。

「君たちの御蔭《おかげ》で、今年も多くの来場者を呼ぶことができたと思っている。後はゆっくり休むなり、清秋祭《せいしゅうさい》で遊ぶなりしてくれ。なお、本日午後四時頃《ごろ》、仮装賞のベスト10を発表するので、その頃は校内にいてくれ。ベスト3発表と授賞式のときは、もう一度、衣装《いしょう》を着てもらうから、そのつもりで。以上だ」

ふと、間を置く。

その一瞬で、パレード参加者たちは次のアクションを理解した。

会長が怒声《どせい》のように叫ぶ。

「お疲れ!!」

半秒で『クラス代表』たちが、

『――つかれしたぁっ!!――』

大声で答えて、大声で笑い、解散となった。

途端《とたん》、トラックの外から一年生のクラスメイトらが溢《あふ》れ出す。それぞれ、自分たちの代表を取り囲み、平手《ひらて》で叩《たた》き、喝采《かっさい》をぶつけてゆく。

一年二組の生徒たちも悠二やシャナ、吉田たちの周りに集まって口々に言う。

「一美《かずみ》、お疲れ！」

「むちゃくちゃ綺麗《きれい》だった！」

「シャナちゃん最高に目立ってたよ!!」

「もうベスト賞はいただきだな！」

「佐藤《さとう》君、ジュースいるー!?」

「おーい、皆でメガネマン担《かつ》いでこーぜ」

「田中《たなか》、最後にもうちょっと手伝ってくれー」

「なあ坂井《さかい》、おまえ結構《けっこう》いい線まで行くんじゃね？」

「ふふふ、オガちゃん、どーだった？」

「痛てて、押すなって！」

仮装した『クラス代表』、普通の生徒、いつしか上級生に担任《たんにん》教師、さらに商店主まで彼らを労《ねぎら》おうと加わって、校庭は大騒ぎになった。

誰もが揉《も》みくちゃになり、肩を組み、叩《たた》き合って、悠二《ゆうじ》は笑い、吉田《よしだ》も笑い、緒方《おがた》も笑い、田中《たなか》も笑い、佐藤《さとう》も池《いけ》も笑い……シャナも笑っていた。

運営委員の詰め所で、
委員の一人が、
パレードから帰ってきた先輩《せんぱい》の役員に冷えた麦茶《むぎちゃ》入りのコップを配った。

清秋祭《せいしゅうさい》における一年二組の教室は、『御崎《みさき》市の歴史』という研究発表の展示場となっている。

教室は一階ということもあって、それなりの来客数があった。

「えー、あちらにゴザイマスのがー、御崎神社のエン……縁起《えんぎ》でございましてー」

時折《ときおり》、質問に展示当番の答えている声が聞こえる。当番にはシャナが前もって作っておいた

『予想質問回答集《かいとうしゅう》』を持たせているため、遣《や》り取り自体は素人《しろうと》であっても、答えの方に困ることはないようである。

「コレは元々──、え、と……真南川《まながわ》の鎮守《ちんじゅ》として創祀《そうし》されたものだそうでございまーす」

今の展示《てんじ》当番は中村《なかむら》である。彼女の、まるで間延びしたコンパニオンのような口調《くちょう》に、窓枠《まどわく》にもたれて休憩していた悠二は、傍《かたわ》らの椅子《いす》に座る吉田と目を合わせ、

「……っ、く」

「ふふっ」

二人して、こっそり小さく噴《ふ》き出した。

制服に着替えた彼らがいるのは、教室の三分の一を白い幕で仕切った、一年二組生徒用の控え室である。

机を並べた即席《そくせき》ベッドの上では、カーテンに包まった池がグースカ寝入っており、床は当日になって展示を弄《いじ》り直した跡、空の紙コップ、食べかけの焼きそばに各人の持ち込んだ着替えの袋などで散らかっている。壁際《かべぎわ》には、さっきまで女性陣《じん》の着ていた服が無造作《むぞうさ》に吊《つ》ってあった（男性陣のそれは、一組の控え室にある）。

他のクラスメイトは模擬《もぎ》店や他のイベントの方に出払っていて、今は悠二と吉田、寝ている池の三人だけである。

といって、静かなわけではない。遠くからは『スピーカー破り』の悪評《あくひょう》も高い、軽音部によ

る喚き声が響いていたし、窓のすぐ外は模擬店の裏手だった。用意に駆け回る生徒や適当に座って《なし》うどんを食べている子供、迷い込んでキョロキョロしている来客等《など》、普段の学校には在《あ》り得《え》ない、非日常の活気で満ち満ちている。

どこもかしこも、全くもって騒がしかった。

悠二《ゆうじ》が、それら光景と空気への感想を漏らす。

「すごいね。まるで別世界だ」

「はい、本当に」

頷《うなず》いて、吉田《よしだ》も窓の外を見やる。

騒々しさを見下ろす秋の日は、遠く高くにあって心地よい。

ふと悠二は、壁にかけられているジュリエットのドレスを見て、

(パレードもある意味、別世界だよな)

と思う。なんの気取りもなく普通に、

「あの服、似合《にあ》ってたね」

と言っていた。

吉田は突然の言葉にキョトンとしていたが、すぐに、

「え……あっ」

言われたことを理解して、真っ赤になった。顔を俯《うつむ》けて恥ずかしそうに答える。

「さ、坂井《さかい》君も……格好《かっこう》よかった、です」

「はは。僕は、そうでもないよ」

　悠二は本気でそう思っていた。自分に自信が無いため、与えられる賞賛《しょうさん》はリップサービスであると受け取ってしまうのである。

「いえ、本当に、格好よかったです」

　吉田はなおも言うが、やはり悠二は本気に取らない。ただお礼を言う。

「うん、ありがとう」

「……」

　強弁《きょうべん》するのも変なので、吉田は黙った。

　特別何をしたわけでもないが楽しかったパレード（彼女は、自分がベスト仮装賞に選ばれることなど在《あ》り得《え》ないと思っている）のことを、壁にかけた衣装《いしょう》を見て思い出す。一緒に楽しくお祭りの中を歩いた、それだけのことが、宝石のような思い出になっていた。

と、その横に釣《つ》ってある、赤いワンピースが目に入る。それを纏《まと》っていた少女のこと、自分が抱いた疑問のことを、思い出す。

「……」

　悠二に訊《き》くべきか、少し考えてから、おずおずと、口を開く。

「あの」

「え？」

悠二《ゆうじ》が振り向いた。

ワンピースから彼に目線《めせん》を移し……しかし見つめて尋ねることはできない。顔をやや俯《うつむ》き加《か》減《げん》にして、改めて言う。

「今日のシャナちゃん、なんですけど」

「うん？」

急な話題に戸惑《とまど》いつつも、悠二は頷《うなず》いた。

吉田《よしだ》は、またしばらく言うべきか迷ってから、核心《かくしん》の問いを発する。

「なにか、あったんですか？」

「なにか、って？」

悠二には質問の意図が分からない。

「ええ、と……」

吉田の方も、自分の感じたことを言葉として整理し直すために間を置いた。

「その、パレードで、シャナちゃん、すごく楽しそうだったから……」

「そりゃあ、お祭り騒ぎなんだから、楽しいとは思うけど？」

質問の意図が、悠二には分からなかった。

「そうじゃなくて……」

もう一度、吉田は言葉を選ぶ。

「その、私たちが、一緒だったのに、ずっと楽しそうだった、ですよね？」

俯けた顔が、恥ずかしさで完全に下を向いていた。

鈍感《どんかん》な悠二も、ここまで言われて、ようやく気が付く。

「あ――」

配役の決定時にあれだけ対抗心を剝《む》き出しにしていたのである。当日、二人で練り歩くときにはどうなるのか。二人の間に割り込んだり、無理矢理《むりやり》一緒に歩いたりするんじゃないか。パレードの前には自分もそれなりに心配していたことを、悠二は思い出す。

（なのに、いつの間にか忘れてた）

実際には、シャナはなんのわだかまりも見せぬまま、悠二や吉田と一緒に、パレードを存分に楽しみ過ごしていた。穏《おだ》やか和やかになったわけではない。いつもと同じように凛《りん》として強く、しかしその上で吉田とも普通に接し、目の覚めるような可愛《かわい》さすら表していた。

（なにもなかったから、逆に気が付かなかったんだな）

パレードの緊張《きんちよう》と高揚、一体感と楽しさの中で、その手のことにまで気を回す余裕《よゆう》は、たしかになかったわけだが……なんにせよ、悠二には心当たりらしきものはなかった。

「特別なことはなにもなかったと思うけど」

吉田も、パレードで一緒に練り歩いている間は本当に楽しそうだったから、事が終わり、落ち着いてから改めて思ったのだろう。揉《も》め事は、あったらあったで困り、なかったらなかったで困る。なかなかに厄介《やっかい》な話ではあった。

「もしかして、なにか……？」

吉田《よしだ》が不安げに尋《たず》ねた。

「えっ？　ああ」

悠二《ゆうじ》は一瞬の間を置いて、彼女のぼかした言葉が、悠二自身《じしん》の人格や行動以外——〝紅世《ぐぜ》〟や『零時迷子《れいじまいご》』、フレイムヘイズ等——の問題を指していると悟る。

「そうだな……」

悠二や吉田、佐藤《さとう》、田中《たなか》ら、その端《はし》に関わった面子《めんつ》は、できるだけ日常の会話でも具体的な言葉、固有《こゆう》名詞等《など》を用いることは避けていた。池《いけ》が近くで寝ている寝ていない、人がいるいないに関わらず。無意識の恐れから、それら非日常の領域《りょういき》をできるだけ食い止めようとしている、これは一つの表れだった。

（まあ、〝紅世《ぐぜ》〟の関係では、たしかに昨日、あ、ん、な、こ、とはあった）

と、悠二は自分の炎《ほのお》の件について思う。

（でも、それがシャナの上機嫌《じょうきげん》と関係あるわけがない……ん、そういえば）

今朝方《けさがた》にも、シャナが、不思議《ふしぎ》な喜び、可愛《かわい》さを示していたことを思い出す。それが今まで続いている、ということなのか。となると結局、その理由は分からないわけだが。

（上機嫌なことと僕の炎のことが、関係してるわけも無いし）

それよりも彼は、

（そういえば……吉田さんには、そのことを、まだ話せないんだよな）

という、当面の負い目の方について思う。

悠二は、吉田に『隠《かく》し事をしない』と誓《ちか》っていたが、今度ばかりは事が直接的な身の危険に及びかねない事態ということもあり、ヴィルヘルミナから、

（——「従者である佐藤啓作《けいさく》、田中栄太《えいた》両氏、および個人的親交《しんこう》のある吉田一美《かずみ》嬢《じょう》には、『弔詞《ちょうし》の詠《よ》み手《て》』への対応について、ある程度の方針が定まるまで、決して本件の情報を漏らしてはならないのであります」——）

と固く口止めされていた。

（カルメルさんから、マージョリーさんに話してみる、って言ってたから、すぐにちゃんと本当のことを言えるようになるよ、な）

以前の、『零時迷子《れいじまいご》』の真実についても、数日悩《なや》み抜いてから伝えたということもある。今度も少しだけ時間を貰《もら》おう、と悠二は思っていた。

佐藤や田中も含めた皆の前で、自分というモノについてのさらなる危険性を吐露《とろ》する、という光景は、想像するだに辛《つら》く苦しいものではあったが、それは告白を遅らせた罰として、甘んじて受けるつもりだった。

その吉田《よしだ》が、心配げな顔で、こちらを見ている。

「坂井《さかい》君?」

「……いや、そっちでもないと思うよ、うん」

悠二《ゆうじ》は慌《あわ》てて答え、改めて腕組みして考えるが、しかし実際、その手のことについては、なにもしていない。された覚えもない。本気で分からなくなって、思わず唸《うな》る。

「ん〜」

「あ、あの」

その姿に、質問した吉田の方が戸惑《とまど》った。

「無理《むり》して答えてもらわなくても……私も、なんとなく感じただけのことですから」

言って、珍しく困った風《ふう》に笑った。

悠二も釣《つ》られて同じ笑いで返し、頭をかく。

「なんと言うか、いつも色々、はっきりしなくて、ごめん」

いいえ、と断って、吉田は悠二から視線を外した。窓から、人騒《ひとさわ》ぐ光景の遥か上、遠くの空を見て、ぽつりと言う。

「私のせいかも、しれませんし」

「え?」

「はっきりしない、ってところ、です……」

「……あ」

シャナのことではなく、自分の言葉への返答であると、悠二は一拍《いっぱく》遅れて気付いた。

吉田は遠くを見たまま、続ける。

「坂井君のことも、シャナちゃんのことも……誰が困っても嫌がっても、無理矢理《むりやり》に迫ることで答えを出させることが、私にはできるはずなんです。そうすれば、たぶん私たちは、動くはずなんです」

悠二には声もない。

吉田は、視線を彼に戻して、笑った。

「でも、それじゃだめなんです……私、欲張《よくば》りだから」

「欲張り？」

「はい……私、ただ、坂井君を好きになるだけじゃ、足りないんです」

「……」

「私は、二人分の喜びが欲しい、一緒に喜び合いたいんです。坂井君が喜ばないと、私にとっては、なんの意味もないんです」

悠二は感動すら覚えて、彼女の思い遣《や》りに浸《ひた》っていた。

「だから、シャナちゃんと同じ場所に立ち続けよう、とだけ決めているんです。坂井君が決めるときまで、ずっと」

選んでくれるときまで、と言わず、決めるときまで、と言った……言って笑いかけてくれた少女の気持ちに、悠二《ゆうじ》は辛《つら》いのか嬉《うれ》しいのか、ごちゃ混ぜの気持ちで胸が一杯《いっぱい》になる。あまりにも情《なさ》けない自分、あまりにも馬鹿な自分を罵《ののし》りたい衝動《しょうどう》に駆られていた。

(ダメな奴《やつ》だ、本当に!)

吉田《よしだ》は、せめてこれだけはと、答えを求める。

「待ってて、いいですか?」

悠二は、彼女へのせめてもの思い遣《や》りとして頷《うなず》き、見つめ返す。

静寂《せいじゃく》ではない、二人だけの空間の中、

「吉田さん――」

言う間に、ほんの僅《わず》か、二人の距離が近付く。

そのとき、

ガラリ、と仕切りの側、控え室の扉を開けて、シャナや佐藤《さとう》、藤田《ふじた》らクラスメイトが帰ってきた。

二人は慌《あわ》てて距離を取り合った。

藤田が両手を合わせて言う。

「長々とお留守番《るすばん》させてゴメン! 教室の当番、全員かき集めるのに手間《てま》取っちゃって。代わりに、もう後は自由時間にしてくれていいから」

ささっ
くるっ

「うっかり時間忘《わす》れちまっててなー、スマネ」

「ごめんねー、坂井《さかい》君、一美《かずみ》」

何人かが藤田《ふじた》に倣《なら》って謝った。

その後ろから、佐藤《さとう》が丸めたパンフレットを手に振って言う。

「それよか二人とも、オガちゃんの試合、もう始まるってさ。今、田中《たなか》に席取らせてっから、急いで体育館に行こうぜ」

「悠二《ゆうじ》、こんなの見つけた」

シャナはあくまでマイペースに、綿《わた》菓子の袋を三つほど提げてニコニコ顔である。

悠二と吉田《よしだ》は顔を見合わせて、小さく笑い合った。

今までの真剣な話を、流し去るように。

「じゃ、行こうか」

「でも、池《いけ》君は……？」

「せっかくの休憩時間だ、寝かせといてやろうぜ」

「はい、悠二。一つあげる」

四人は騒がしくも慌《あわただ》しく、藤田らに控え室の留守番《るすばん》を任して出て行った。

代わりに教室の中、

「ねえ、聞いた？　軽音の片山先輩《かたやませんぱい》の演奏！」「あー、あれじゃ誰もノらんわなあ」「うわ、ひどーい、自分がモテないからって僻《ひが》んでんじゃないの？」「こらー、帰って来たんなら、そろそろ代わりなさいよー！」「朝の用意サボってたんだから、もう少しやってなさい」

口々に喋《しゃべ》り始めたクラスメイトから離れた机の上、カーテンの中で、小さな溜息《ためいき》が、一つ漏れた。

放送室の前で、

生徒会役員が、

放送部の部長に書類の束を手渡した。

清秋祭《せいしゅうさい》を、誰もが楽しむ。

「――っだ！」

緒方《おがた》がスパイクを決め、見事《みごと》公開試合の勝者となり、模擬《もぎ》店食べ放題券《ほうだいけん》を手にした。

「っしゃ、やったあ!!」

田中の思わず取ったガッツポーズが、前の席にいた担任《たんにん》教師の頭をゴインと叩《たた》いた。

「まだかな……あ、いらっしゃい！」

クラス模擬《もぎ》店の前を通った悠二《ゆうじ》は、トイレの間の代役と、店番を頼まれてしまった。

「はい、ブルーベリー・クレープですね？」

吉田《よしだ》がそれをシャナと手伝い、次の当番が来るまで、三人でクレープを焼いていた。

「っくそ、キノコ麻酔《ますい》なんて知らねーっつの！」

佐藤《さとう》はステージ上で行われたクイズ大会で、最後の五人まで残るほどに大健闘《だいけんとう》した。

「あ、ビニールシートは畳《たた》んで返却《へんきゃく》してください！」

ようやく起きた池《いけ》は、やはりまた運営委員の用命を果たすため校内中を走り回った。

「ちょっ、あんたたち、私、今日はそんな気分じゃ……」

なぜか現れたマージョリーは、子分二人や緒方《おがた》に引っ張り回されて困り顔となった。

「ほらね、ザラメ砂糖が膨《ふく》れて、こんなに大きくなるんだから」

シャナは初めてのお菓子や食べ物、催《もよお》しを、ヴィルヘルミナや悠二と一緒に巡った。

「ふむ……炭酸水素《たんさんすいそ》ナトリウムの熱膨張《ねつぼうちょう》を利用した菓子でありますな」

ヴィルヘルミナもあちこちで店員と間違われながら、シャナと喧騒《けんそう》の中に混じった。

清秋祭《せいしゅうさい》を、誰もが楽しむ。

が――やがて、
その、時が過ぎることも忘れるような狂騒《きょうそう》が、一つの区切りを迎える時が来た。

スピーカーの音楽が途切《とぎ》れ、割れかけの、マイクに近すぎる声が大きく響《ひび》く。

『あ、あ、こちら市立御崎《みさき》高校、清秋祭運営委員会――』

清秋祭初日《しょにち》のクライマックスが、始まる。

『お楽しみの所、お邪魔《じゃま》いたします。みなさまご存知《ぞんじ》、今年の開催パレードのベスト仮装賞、予備発表……ベスト10にノミネートされた演者《えんじゃ》発表の時間がやってまいりました!!』

生徒たちが一様《いちよう》に色めき立ち、知らない者はもらったパンフレットに目をやる。

『今年も数多くの投票が寄せられ、いずれ劣らない華《はな》やかな美男美女が出揃《でそろ》いました。皆さんの知ってる顔がありますかどうか!?』

早くしろー、という声が各所で上がるのを見計らったように、放送は続ける。

『でーは! ノミネートされた十名を、まずは組順《くみじゅん》に発表いたします!! 組順、あくまで組順です、まだ得票の順位ではありません!!』

しつこく念押《ねんお》しする。反比《はん》例するように、祭りの騒々《そうぞう》しさが俄《にわ》かに静まる。

『――一年一組、『赤ずきん』猟師役《りょうし》・川上正太郎《かわかみしょうたろう》君――』

放送も、途端《とたん》に事務的な口調《くちょう》になる。

『――一年二組、『ロミオとジュリエット』ロミオ役・坂井《さかい》悠二君――』

「うえっ!?」

完全に予想外な事態に叫んだ悠二を、周りが叩《たた》いたり冷やかしたりする。

『――一年二組、『オズの魔法《まほう》使い』ドロシー役・平井《ひらい》ゆかりさん――』

「──ん」

気の早い拍手が鳴る中、きな粉飴《こあめ》を舐《な》めていたシャナの目が、キラリと光る。

『──一年二組、『ロミオとジュリエット』ジュリエット役・吉田《よしだ》一美《かずみ》さん──』

「嘘《うそ》!?」

誰よりも驚いた吉田に、悠二とは逆の、温かい祝福の言葉がかけられる。

『──一年三組、『不思議《ふしぎ》の国のアリス』アリス役・黒田《くろだ》寿子《としこ》さん──』

発表は次々と行われ、男女各《かく》五人ずつ、計十人がノミネートされた。

今日最大《さいだい》注目のイベントを目指し、漫然《まんぜん》と彷徨《さまよ》っていた生徒が、物見高《ものみだか》い来客が、あるいは興味本位《ほんい》な教師らまでもが、仮設ステージのある校庭へと流れて行く。

ステージの裏で、
放送部の部長が、
司会を務める部員の少女に、集計《しゅうけい》結果の書かれた用紙を手渡した。

校庭の地面が見えないほど、縁《へり》の露店《ろてん》に背中の迫るほど、観客が詰めかけている。

その環視《かんし》を受ける快感の中、スポットライトを浴びて興奮《こうふん》気味の司会者の少女が、セミロングの髪を振り乱すように声を張り上げる。

「みなさぁーん、お待たせしましたぁ！　ただ今より、清秋祭《せいしゅうさい》ベスト仮装賞の発表、および授賞式を執《と》り行いまぁーっす!!」

応えて、圧倒的な歓声がステージをビリビリと震わせる。

「おぉーっと、焦らない焦らない。最初はお初に見られる方のための、本賞の選抜要綱《ようこう》をば、説明いたしますのでー。まず、投票権を持っているのは、我が校の生徒とぉー、清秋祭に協賛《きょうさん》いただいた、商店街組合《くみあい》の皆さん……」

司会者はわざと焦《じ》らすように、ノミネートされた生徒たちを舞台に呼ぶこともせず、クドクドと説明する。時折《ときおり》、せっかちな罵声《ばせい》も飛ぶが、放送部員としても、そのあたりは既に織り込み済みの展開である。構わず説明を続けること数分、

「――という手順で集計された上位十名をもう一度、この舞台の上でお目にかけることとなるわけです！　見事栄冠を勝ち取り、清秋祭の豪華特典を手にするのは、どのクラスか!?」

観衆の我慢が限界値《ち》を超える寸前《すんぜん》、

「さあ、それでは」

司会者は舞台背部《はいぶ》の立て板、その中に同色で塗られたドアへと手を差し出す。

「お待ちかね!!　栄《は》えあるベスト仮装賞にノミネートされた男女十名の綺羅星《きらぼし》を、お呼びいたし

ましょう！」

溜《た》め込んだ鬱憤《うっぷん》が、一挙《いっきょ》に歓声へと変わった。

本当に揺れている立て板のドアが開いて、その後ろ、校庭の向こう側が見える。

「まずは一年一組の華麗《かれい》なるラブハンター、かつ物忘れの激しいイケメン君！『赤ずきん』の猟師役《りょうし》・川上正太郎君《かわかみしょうたろう》！」

一部に歓声、大多数に笑いと共に迎えられて、猟師の衣装《いしょう》を着た背の高い少年・川上が、ノミネートされた喜びも束《つか》の間《ま》、ムスッとした顔で入ってくる。

司会者の読み上げた紹介文は、最初のノミネート発表後にクラスメイトから提出されたものである。これは『本人に見せず書くこと』という決まりがあるため、普段の信用と行いが試される。彼の場合は、周囲に微妙《びみょう》な評価を受けていたようである。

不機嫌《ふきげん》な顔のまま、川上は舞台の上、観客に見えない角度で『男1』というテープで描かれたバミの位置に立った。

続いて、司会者の少女はオーバーアクションでドアを指す。

「次は、知ってる奴《やつ》は知っている、一年二組のニクい奴、男子生徒の憎しみを一身《いっしん》に受ける優《ゆう》柔不断《じゅうふだん》な地味《じみ》モテ男！『ロミオとジュリエット』のロミオ役・坂井悠二《さかいゆうじ》君の登場だ！」

ギャーやらブーやら、まさに紹介文通《どお》りの大声を受けて、ロミオの格好《かっこう》をした悠二がステージに上がった。言いたい放題《ほうだい》に言われたためか、珍しく額《ひたい》に青筋《あおすじ》が見えている。川上と、晒《さら》し者たるの身を相憐《あいあわ》れむ視線を交して、『男2』のバミに向かう。

と、

「そしてお次……彼女ら二人は、同時に呼ばねばなりません！」

悠二が定位置に着く前に、主に一年生、さらには二年三年からも、ほとんど物理的な衝撃《しょうげき》を伴う声が湧《わ》き上がった。釣《つ》られて、彼女らのことを知らない来客、どさくさに紛《まぎ》れて教師も、最後には焚《た》き付けた司会者当人《とうにん》までもが興奮《こうふん》して叫ぶ。

「片や、一年二組の最強ヒロイン！　天下無敵《むてき》のオンナノコ！　『オズの魔法使《まほうつか》い』のドロシー役、『シャナちゃん』こと、平井《ひらい》ゆかりさん！」

シャナが、赤いワンピースを翻《ひるがえ》して、堂々と入ってくる。

最初こそ、状況の異常さに面食《めんく》らっていたが、観衆の中に、微笑《ほほえ》んで見守る（彼女にだけはその僅《わず》かな表情の違いが分かる）ヴィルヘルミナ、手を振る西尾《にしお》や浅沼《あさぬま》らを見つけることで、ようやくの笑顔となる。

「片《かた》や、一年二組の癒《いや》し系ヒロイン！　守ってあげたいオンナノコ！　『ロミオとジュリエット』のジュリエット役・吉田一美《よしだかずみ》さん！」

シャナの後に続いて、水色のドレスを纏《まと》った吉田が身を縮こまらせて入ってきた。

顔を上げられない彼女も、最前列《さいぜんれつ》に陣取《じんど》っていたクラスメイトたちからの檄《げき》、と言うよりほとんど脅迫《きょうはく》のような叫びを受けて、やっと顔の見分けがつけられるほどに上げる。代わりに目を伏せてしまったが。

そんな二人、対照的《たいしょう》な少女らに向けて、恐ろしいまでの歓声が飛ぶ。

「さーて、皆さんノってきたところでドンドン参りましょう！　一年三組、アリスと言うよりハートの女王様、『不思議《ふしぎ》の国のアリス』のアリス役——」

さらに加えて、六人が入場し終わる頃には、ステージの周りだけでなく、グラウンドに面した校舎の窓や塀《へい》の上、見える場所で人の立ち入ることのできる場所には、鈴生《すずな》りに人が溢《あふ》れかえるほどになっていた。

まさに、祭り初日のクライマックスに相応《ふさわ》しい光景だった。

ステージの中央に、

司会者の少女が立っている。

一つの自在法《じざいほう》を、その身に秘めて。

シャナは、期される時を迎えた舞台——否、大舞台の上で、思い返す。

（——「私、坂井《さかい》君にもう一度、今度こそはっきり自分の口で、好きです、って言う」——）

　この言葉に、どれほどの焦燥感《しようそう》を抱いたか。

（――「私――言ったよ」――）

　この言葉に、どれほど差を開けられたように感じたか。

（もう、その場で炙《あぶ》られるような気持ちに、なることはないんだ）

　自分というものをしっかり持っていれば、これほどに落ち着くことができたのか、とフレイムヘイズとしての常識を、今さら再確認する。今までの、吉田《よしだ》一美《かずみ》が何事かをする度に感じていた動揺《どうよう》が、嘘《うそ》のようになくなっている。

（悠二《ゆうじ》がなにをされるか、もう気にしなくてもいいんだ）

　と、自分では分析《ぶんせき》している。

　ステージ上に、自身を含め、十人の少年少女が揃《そろ》っていた。

　司会者の何事かの声があって、急に観衆が静まり返った。

　マイクを振り乱して、司会者がまた叫ぶ。

「まず、男性三位、……――ロミオ役・坂井悠二君！」

　このやろー、いいかげんにしろー、等々罵声《ばせい》交じりの大声が巻き起こっているのを見て、困って引きつった笑顔の悠二を見て、くすりと笑う。

「えー、坂井君は午前の得票ではほとんどゼロに近かったのですが、午後のお披露目《ひろめ》で猛烈《もうれつ》に追い上げ、三位に食い込む健闘《けんとう》を見せました！　ではー、拍手をどうぞ！」

笑って、改めて思う。

(だって、もう私の方から動けるんだから)

アラストールの言葉が、胸の内に強い響《ひび》きをもって蘇《よみがえ》る。

(――「フレイムヘイズも、人を愛する」――)

今までそれができずにいた。

そうしてはいけないと思っていた。

だから吉田《よしだ》一美《かずみ》が先に行ってしまうことを恐れた。

しかしもう、その心配をしなくてもいい。

(私はもう、対等に戦える)

と念じるだけで、不安が吹き飛んでしまった。

そうする内、

「――さて、出揃《でそろ》いました我が校一年生の三人男に、改めて大きな拍手を!!」

音を体感できるほどの、拍手と口笛《くちぶえ》が湧《わ》き上がった。

それは次なる、全員が待ち望む本当のクライマックスへの期待。

(ずっと、後手《ごて》後手に回ってた)

自分が求める方向に行けなかったことの悩み――息するように選択していた行動を取れなかったことの苦痛――それらの枷《かせ》が、とうとう外れた。

「いよいよ、いよいよ女性三位の発表です……」

気分を高みへと誘引《ゆういん》するような音楽が、徐々に大きくなってゆく。

「女性三位——」

司会者の少女が、踊るようにクルンと回って一人の少女に手を差し出す。

「ジュリエット役・吉田一美さん!!」

「え、えっ!?」

差し出された手に突き飛ばされたように、傍《かたわ》らの吉田一美が飛び退《の》く。

その姿への可笑《おか》しみも含んだ歓声が、どっ、と沸いた。

三位同士《どうし》の二人、悠二《ゆうじ》と吉田一美が照れくさそうに並び立つ。

その光景を見て気を揉《も》むことも、もうない。

(だって、私はもう、動けるんだから)

自ら固く戒《いまし》めていた枷が外れて、
何者も遮《さえぎ》ることのない自由を得て、
心が、晴れ渡った空のように冴《さ》えていた。

(もう、この気持ちを抱いていいのか、悩まなくてもいい)

いつか戦った〝徒《ともがら》〟が、己《おの》の命を削《けず》り、滅びを前にして、どうしてあれほど強く、己が行動への確信を満たして自分に対することができたのか……うっすらと理解できた。

（……『どうしようもない気持ち』……ううん）

その〝徒《ともがら》〟の言葉を、澄明《ちょうめい》限りない響《ひび》きで、思い出す。

（――「そう、愛」――）

ステージの前方で、
司会者の少女が、
いつまでたっても前で手を振っている二位の少女を後ろへと下がらせた。

「では……」

全《ぜん》観衆が、嘘《うそ》のように声を小さくしてゆく。

「市立御崎《みさき》高校清秋祭《せいしゅうさい》、開会パレード、ベスト仮装賞の大トリ……」

逆に音楽はボリュームを上げてゆく。

「栄《は》えある女性一位の発表です!!」

テンションの圧力が、まるで一つの炉《ろ》の中に押し込められるような……それは極限の爆発の前の、静寂《せいじゃく》だった。

三位の立ち位置にある悠二《ゆうじ》が、拳《こぶし》を握ってシャナを見つめていた。

その傍《かたわ》らにある吉田《よしだ》も、彼女になにかを望むような熱い目で、同じく。

司会者の少女が、ゴクリと咽喉《のど》を潤《うるお》し、すうと息を吸い、万端《ばんたん》、準備を整えて、叫ぶ。

「女性一位は——ドロシー役・平井《ひらい》ゆかりさん!!」

ステージどころか校舎の窓にも響《ひび》く声が、爆発した。

悠二と吉田が手を握り合って飛び上がり、最前列《さいぜんれつ》のクラスメイトらがステージの縁《ふち》を叩《たた》き、西尾《にしお》と浅沼《あさぬま》が両の手を差し上げ、ヴィルヘルミナが頷《うなず》き、マージョリーが鼻で笑う。

応えて、シャナが握り拳《こぶし》を鋭く振り上げた。

大歓声、どこまでも響く大歓声。

そこに、

「はあーい、皆さんお静かにぃ!!」

司会者が割って入った。ややボリュームを上げたマイクに口を寄せて、

「では、ベスト仮装賞受賞者のインタビューを!!」

と一位の少年に尋《たず》ねようとする……が、もはや観衆は全くの制御《せいぎょ》不能だった。声による暴走は混じり合い高め合って、ムチャクチャな興奮《こうふん》状態となっている。

困った司会者は、肌に痛いほどの騒ぎの中、仕様《しよう》がなく、騒ぎを鎮《しず》めるためにと、シャナに向けてマイクを差し出した。

「えー、それじゃまずは、ひ、平井《ひらい》さん……」

「ん」

シャナは頷《うなず》く。

今朝、クラスメイトの一人から、

（――「優勝者にはインタビューがあるんだよ」――）

と教わってから、

（――「インタビューって、どういうことするの？」――）

と尋《たず》ねてから、

（――「大きな声で皆に声を伝えることだよ」「何言ってもいいんだよー」「坂井《さかい》君に言いたいことがあったら大声で叫んでみれば？」「シャナちゃんならマジで可能性あるから、スピーチの内容、考えといた方がいいよ」――）

という答えを受けてから、

ずっと考えていたことを、実行に移すときが、遂《つい》に来たことを知る。

緊張《きんちょう》はなかった。

動揺《どうよう》もなかった。

恐怖もなかった。

これこそ、彼女がずっと欲し、また望んでいた、宣言の場なのだから。

（よし）
揺らぎの一切ない、強い気持ちを胸に、シャナはマイクを、取る。
観衆もようやく注目して、優勝した少女の言葉を聴こうと僅《わず》かに声を静める。
と、
シャナが取った不意《ふい》の行動に、皆が驚いた。
クルリ、と彼女は観衆に背を向けたのである。
正確には、一人の少年の方に、向き直っていた。
一世一代の宣言を行うため、息を大きく大きく吸う。
（どんな不安も、感じない）
悠二《ゆうじ》が身の内になにを秘めていようとも。
銀色の炎《ほのお》が、なんだと言うのだ。
秘宝《ひほう》『零時迷子《れいじまいご》』の謎《なぞ》が、なんだと言うのだ。
その内に在る『永遠の恋人』ヨーハンが、なんだと言うのだ。
彼を探す〝彩飄《さいひょう》〟フィレスが、なんだと言うのだ。
どこかに潜《ひそ》んでいるという黒幕《くろまく》が、なんだと言うのだ。
悠二と一緒に立ち向かってゆけるのなら、全く問題はない。
どんな謎でも、どんな敵でも、どんな戦いでも、全く問題ではない。

むしろ、望む所なのだ。
悠二《ゆうじ》と一緒に立ち向かうべき、全ては。
今や、吉田《よしだ》一美《かずみ》との、尋常《じんじょう》対等な勝負あるのみ。
その燃え滾《たぎ》る気持ち、奮い立つ想い、全てを声にして叫ぶ。
「悠二!!」
望んだままの、力強く大きな声が、スピーカーを揺らす。
他人など関係ない。
悠二が突然名《な》を呼ばれてギョッとなっている。
誰が聴いていようが知ったことではない。
驚き目を見張る、吉田一美でさえも。
自分がいて、悠二がいればいい。
大きな声で、堂々《どうどう》宣言する。
「私、悠二が――」

ステージ壁際《かべぎわ》で、
シャナの声に気圧《けお》された二位の少女が、

隣《となり》にいた坂井《さかい》悠二の肘《ひじ》に触れた。

触れた。
（あった）
それは、肘。
（とうとう）
それは、体。
（見つけた）
それを、構成するもの。
（もう、二度と）
それは、〝存在の力〟。
（もう、二度と、離さない）
それは、トーチ。
（もう、二度と、見失わない）
それは、〝ミステス〟。
（待ってて、ヨーハン）

その、中に秘められたる宝具《ほうぐ》。
(今、私が行くから)
それは、特別の存在。
(待っていて)
それは、
(『零時迷子《れいじまいご》』の、中で)

瞬間——遠く、遠くから、
一人の〝紅世《ぐぜ》の王〟が、遂《つい》に捉《とら》えた愛《いと》しい人の元へと、飛ぶ。
まるで、色付く風のように。

エピローグ

それは、修士《しゅうし》ゲオルギウスと遊び呆《ほう》けていた中にあった、欲望の一つ。

求めに従い宛《あて》がってやった、どこぞの国の幽閉者《ゆうへい》。

膝《ひざ》まである金の髪と漆黒《しっこく》の瞳を持った、一人の女。

この世に生きて、現実世界に生きていなかった女。

自分を古代の姫君《ひめぎみ》だと思い込んでいた、馬鹿な女。

しかし、面白くはあった。

空想に遊び遊ばせる男と、妄想《もうそう》にたゆたい生きる女。

なにが起きるのか、興味津々《きょうみしんしん》に見ていた。

すると案《あん》の定《じょう》、ゲオルギウスは、この自分の想像の底を攫《さら》うほどに遊んでくれる女に惚《ほ》れ込んだ。女は、自分の妄想を否定せず、どころか包含《ほうがん》してしまう世界に生きる男に惹《ひ》かれた。

二人は合わさった貝殻《かいがら》の如《ごと》く、ともに暮らすようになり、やがて一つの命が生まれた。

赤子《あかご》とは、興味深いものだった。自分では何もできない。他者に頼りきって生きねばならない。頼るべき他者を失えば、即座《そくざ》に死が訪れる。生まれた時点である程度の意識と力を帯び、即座に生きるための戦いを始める〝紅世《ぐぜ》の徒《ともがら》〟とは、全く違う生き物だった。

これが、どういう過程を経て、ゲオルギウスのように埒外《らちがい》な大法螺《おおぼら》を吹く人間になっていくのか、女のように浮世離《うきよばな》れした妄想《もうそう》の虜《とりこ》になっていくのか、興味があった。

程《ほど》なく、ゲオルギウスや女が、赤子《あかご》を無視するようになったので、代わりに面倒《めんどう》を見るようになった。でなければ、死んでしまう。厄介《やっかい》ではあったが、他に仕様《しよう》もなかった。

いつしか、赤子をゲオルギウスのように、欲望と想像力の赴《おもむ》くまま、全てを与えて育てよう、と思うようになった。父親以上に無茶苦茶《むちゃくちゃ》な人間になるかもしれない。楽しみだった。

ところが、この望みばかりは、容易に叶《かな》わなかった。

赤子は、早く育て、と思っても、育たない。

人間という生き物は、変化の速度がのろすぎた。

望むのは未だ授乳《じゅにゅう》のみ、という退屈《たいくつ》な状態が続いた。

そんなつまらない状態に、いい加減《かげん》倦《う》んでいた、ある日。

久方ぶりに、ゲオルギウスが女と金絡《がら》み以外の望みを告げた。

遠く東方にある楽園の火を盗んできて欲しい、というものだった。

楽園というのは、いつだったか、ともに世界を巡ったとき、法螺吹きに返した法螺だった。いい加減飛ぶのに疲れたため、日の出を『あそこは天使が火の剣を持って番している神の庭なので、これ以上は近づけない』と言って、引き返したのである（実際には、アッカド近辺で夜明けを迎えたに過ぎない）。そんな場所の火を盗むも何もなかった。

しかし、望み、それ自体は面白かった。

かつては自分の飛翔《ひしよう》をすら疲れさせた大法螺吹きが、あの頃のゲオルギウスが、帰ってきたような気がした。遠方へと、久々にすっ飛んでみるのもいい、本当にそこの火を持って帰って、昔のように有《あ》り難《がた》がらせ、大笑いしてやろう、そう思った。

そして、飛んだ。飛んで、軽々と往復し、帰った。

そして、そこで、見た。

ゲオルギウスが——衰《おとろ》えた自分の体に活力を蘇《よみがえ》らせるための実験、と称して——使えもしない自在式《じざいしき》を、床に稚拙《ちせつ》な筆致《ひっち》で描き——自分ではない、創作上の悪魔《あくま》の名を呼んで——血の受け皿を置いた祭壇《さいだん》の上に、赤子を据《す》え——泣き喚《わめ》くその首に、刃《やいば》を刺《さ》し込もうとしていた。

自身の内に、初めての気持ちが……颶風《ぐふう》の荒れ狂うような衝動《しようどう》が、湧《わ》き上がった。

怒り、だった。

同時に、全く呆気《あっけ》なく、気付くものがあった。

修士《しゆうし》ゲオルギウスは、老いていた。夢想は枯れ、即物《そくぶつ》的な欲望にのみ溺《おぼ》れ、大法螺は晦渋《かいじゆう》で無価値《むかち》な御託《ごたく》に成り果てていた。自分と戯《たわむ》れに交わした契約、拘束《こうそく》力など全くない約束を、赤子を殺すために、自分を遠ざけるために使うような、愚《おろ》かしい老醜《ろうしゆう》へと零落《れいらく》していた。

彼との出鱈目《でたらめ》な、あまりに出鱈目で痛快無比《つうかいむひ》な年月は、終わっていたのだ、と。

だから、なんの躊躇《ちゅうちょ》もなく、ゲオルギウスを、殺して去った。
その子、ヨーハンを連れて。

日々の陰から、異変《いへん》は迫り来る。
潜《ひそ》んで密《ひそ》かに、唐突《とうとつ》に容赦《ようしゃ》なく、来る。
世界は、異変をすら鼓動《こどう》として、在り続ける。

あとがき

はじめての方、はじめまして。

久しぶりの方、お久しぶりです。

高橋弥七郎《たかはしやしちろう》です。

また皆様のお目にかかることができました。ありがたいことです。


さて本作は、痛快娯楽《つうかいごらく》アクション小説です。今回は、大筋《おおすじ》として日常の学園祭を、細かな伏《ふく》線《せん》で非日常の呼び水を描く、久々の通常《つうじょう》構成です。次回はいよいよ、彼女が登場します。

テーマは、描写的には「確信と寛容《かんよう》」、内容的には「できる」です。これまで吉田《よしだ》さんに押されっぱなしだったシャナは反撃の狼煙《のろし》を上げ、鍛錬《たんれん》に励《はげ》む悠二《ゆうじ》は謎《なぞ》の上にも謎を呼びます。

担当《たんとう》の三木《みき》さんは、決して手を抜かない人です。顔が土気色《つちけいろ》になっても目の隈《くま》が顔に馴染《なじ》んでも仕事に励みます。今回のサービスシーン折衝《せっしょう》は、拳闘百裂《けんとうひゃくれつ》の威力《いりょく》で圧倒され（以下略）。

挿絵《さしえ》のいとうのいぢさんは、壮麗《そうれい》な絵を描かれる方です。一方的に送りつけた資料や要望に沿いつつも、確実にその上を行く見事な絵を仕上げてくださいます。人生屈指《くっし》の忙中《ぼうちゅう》にも変わらず、この度も拙作《せっさく》への甚大《じんだい》なる御《ご》助力をいただけたことに、深く深く感謝いたします。

県名五十音順に、神奈川《かながわ》のI川さん、Sさん(いつも沢山《たくさん》ありがとうございます)、佐賀《さが》のK島さん、栃木《とちぎ》のE老根さん、新潟《にいがた》のS野さん、兵庫《ひょうご》のA田さん、広島《ひろしま》のO中さん、福岡《ふくおか》のH田さん、Y野目さん、宮城《みやぎ》のN階堂さん、山形《やまがた》のN尾さん、いつも送ってくださる方、初めて送ってくださった方、いずれも大変励みにさせていただいております。どうもありがとうございます。

アルファベット一文字は苗字《みょうじ》一文字の方で、県が同じ場合はアルファベット順になっています。


スケジュールの都合《つごう》でたまたま重なったとはいえ、外伝《がいでん》が二冊続いた形となってしまい、申し訳ありませんでした。十巻に関しては、全体のストーリーにおける重要な鍵《かぎ》を埋め込んだつもりですので、後の展開でその意味や使い所を確かめて頂ければと思います。

また、各方面に広がる『シャナ』も、私と担当さんが関わり得る限りは関わって、少しでもご期待に沿えるものをお届けしていく所存です。どうぞ宜《よろ》しくお願いします。


それでは、今回はこのあたりで。

この本を手に取ってくれた読者の皆様に、無上《むじょう》の感謝を、変わらず。

また皆様のお目にかかれる日がありますように。

二〇〇五年八月　　高橋弥七郎

いとうのいぢ先生に着彩していただいた表紙、
高橋先生ご本人に考えていただいた
アラストールやシャナの漫画でしか見られない
セリフなどなど・・・原作ファンの方に
ぜひ見ていただきたい内容です！
漫画の"シャナ"も、どうぞよろしく
お願いしまあす！
2005.
笹倉綾人

シャナの漫画1巻ができました！

はじめまして！

漫画版"シャナ"を描かせていただいています。笹倉綾人と申します。よろしくお願いします。

この度、漫画単行本1巻が発売しました！

緊張しながらもこちらにごあいさつに参りました！(>_<;)おじゃまします！

◉高橋弥七郎著作リスト

「A／Bエクストリーム　CASE-314［エンペラー］」（電撃文庫）
「A／Bエクストリーム　ニコラウスの仮面」（同）
「アプラクサスの夢」（同）
「灼眼のシャナ」（同）
「灼眼のシャナ　II」（同）
「灼眼のシャナ　III」（同）
「灼眼のシャナ　IV」（同）
「灼眼のシャナ　V」（同）
「灼眼のシャナ　VI」（同）
「灼眼のシャナ　VII」（同）
「灼眼のシャナ　VIII」（同）
「灼眼のシャナ　IX」（同）
「灼眼のシャナ　X」（同）
「灼眼のシャナ　0」（同）

本書に対するご意見、ご感想をお寄せください。

■

あて先

〒102-8177 東京都千代田区富士見2-13-3
電撃文庫編集部
「高橋弥七郎先生」係
「いとうのいぢ先生」係

■

電撃文庫

灼眼《しゃくがん》のシャナXI

高橋《たかはし》弥《や》七郎《しちろう》

◆◇◇

2005年11月25日　初版発行
2023年10月25日　25版発行

発行者	山下直久
発行	株式会社KADOKAWA 〒102-8177　東京都千代田区富士見2-13-3 0570-002-301（ナビダイヤル）
装丁者	荻窪裕司（META＋MANIERA）
印刷	株式会社KADOKAWA
製本	株式会社KADOKAWA

ISBN978-4-04-868791-1　C0193　Printed in Japan

電撃文庫　https://dengekibunko.jp/

電撃文庫創刊に際して

文庫は、我が国にとどまらず、世界の書籍の流れのなかで〝小さな巨人〟としての地位を築いてきた。古今東西の名著を、廉価で手に入りやすい形で提供してきたからこそ、人は文庫を自分の師として、また青春の想い出として、語りついできたのである。

その源を、文化的にはドイツのレクラム文庫に求めるにせよ、規模の上でイギリスのペンギンブックスに求めるにせよ、いま文庫は知識人の層の多様化に従って、ますますその意義を大きくしていると言ってよい。

文庫出版の意味するものは、激動の現代のみならず将来にわたって、大きくなることはあっても、小さくなることはないだろう。

「電撃文庫」は、そのように多様化した対象に応え、歴史に耐えうる作品を収録するのはもちろん、新しい世紀を迎えるにあたって、既成の枠をこえる新鮮で強烈なアイ・オープナーたりたい。

その特異さ故に、この存在は、かつて文庫がはじめて出版世界に登場したときと、同じ戸惑いを読書人に与えるかもしれない。

しかし、〈Changing Times,Changing Publishing〉時代は変わって、出版も変わる。時を重ねるなかで、精神の糧として、心の一隅を占めるものとして、次なる文化の担い手の若者たちに確かな評価を得られると信じて、ここに「電撃文庫」を出版する。

1993年6月10日
角川歴彦

電撃文庫

灼眼のシャナ

高橋弥七郎
イラスト／いとうのいぢ

平凡な生活を送る高校生・悠二の許に少女は突然やってきた。炎を操る彼女は悠二を〝非日常〟へいざなう。『いずれ存在が消える者』であった悠二の運命は⁉

た-14-3　0733

灼眼のシャナⅡ

高橋弥七郎
イラスト／いとうのいぢ

『すでに亡き者』悠二は、自分の存在の消失を知りながらも普段通り日常を過ごしていた。悠二を護る灼眼の少女・シャナはなんとか彼の力になろうとするが……。

た-14-4　0782

灼眼のシャナⅢ

高橋弥七郎
イラスト／いとうのいぢ

吉田一美は決意する。最強の敵に立ち向かうことを。シャナは初めて気づく。この感情の正体を。息を潜め、〝忍び寄る〟紅世の徒〟。そして、坂井悠二は——。

た-14-5　0814

灼眼のシャナⅣ

高橋弥七郎
イラスト／いとうのいぢ

敵の封絶『揺りかごの園《クレイドル・ガーデン》』に捕まったシャナと悠二。シャナは敵を討たんと山吹色の空へと飛翔する。悠二は、友達を、学校を、吉田一美を守るため、ただ走る‼

た-14-6　0831

灼眼のシャナⅤ

高橋弥七郎
イラスト／いとうのいぢ

アラストール、ヴィルヘルミナ、そして謎の白骨。彼らが取り巻く紅い少女こそ、〝炎髪灼眼の討ち手〟シャナ。彼女が生まれた秘密がついに紐解かれる——。

た-14-7　0868

電撃文庫

灼眼のシャナⅥ
高橋弥七郎
イラスト／いとうのいぢ

今までの自分には無かった、とある感情が芽生えたシャナ。今までの自分には無かった、小さな勇気を望む吉田一美。二人の想いの裏には、一人の少年の姿が……。

た-14-8　0901

灼眼のシャナⅦ
高橋弥七郎
イラスト／いとうのいぢ

坂井悠二はすでに死んでいた。真実を知ってしまった吉田一美。彼女は絶望した。絶望して、そして悠二から逃げ出した。空には、歪んだ花火が上がっていた——。

た-14-10　0957

灼眼のシャナⅧ
高橋弥七郎
イラスト／いとうのいぢ

〝教授〟とドミノが企てた〝実験〟を退けた悠二とシャナ。次に彼らを待ち受けていたのは「期末試験」という〝日常〟だった。シャナは女子高生に戻ろうとするが……!?

た-14-11　1001

灼眼のシャナⅨ
高橋弥七郎
イラスト／いとうのいぢ

「〝ミステス〟を破壊するであります」ヴィルヘルミナの冷酷な言葉に、シャナは凍りつき、そして拒絶する。悠二を巡り二人は対峙した——！　激動の第Ⅸ巻！

た-14-12　1050

灼眼のシャナⅩ
高橋弥七郎
イラスト／いとうのいぢ

一つの大きな戦があった。決して人が知ることのない、〝紅世《ぐぜ》の徒《ともがら》〟とフレイムヘイズの、秘された戦い。それは、もうひとりの『炎髪灼眼の討ち手』の物語だった。

た-14-14　1140

甲田学人が描く幻想奇譚、
そして、もう一つの『Missing』——。

——その男は「陰《カゲ》」を引き連れて現れた。

「君の願望《のぞみ》は——何だね?」

人の噂に聞いたことがある。この都市《まち》に棲むという魔人の事を。

曰く、暗闇《やみ》より現れ、人の望みを叶えるという生きた都市伝説。

夜より生まれ、永劫の刻《とき》を生きるという昏闇《くらやみ》の使者——。

著◎甲田学人

夜魔

yama

絶賛発売中!

四六判/上製本/306頁

恐怖と発想力を
かきたてられる作品でした。
栗山千明さん(女優)

電撃の単行本